双葉文庫

町触れ同心公事宿始末

# 初音の雲

藍川慶次郎

# 目次

# 初音の雲　町触《まちぶ》れ同心公事宿《くじやど》始末《しまつ》

# 第一話　除夜の鬼

## 一

「この年の瀬にきて、また臭《くせ》えお役目たァ参ったな」

定町廻り同心・白樫寛十郎《しらかしかんじゅうろう》は、火鉢に手を翳《かざ》しながら愚痴《ぐち》った。

ここは南町奉行所の外回り同心詰所。表玄関からは内勤の同心たちが勤めを終えて三々五々家路につく七つ半（午後五時）、雪もよいの外には薄闇が忍びよっていた。

「二、三人は見せしめにとっ捕まえぬことには、示しもつくまい」

火鉢を囲んで応じたのは町触《まちぶ》れ同心の多門慎吾《おかどしんご》である。

二人とも三十前の同年輩で、橋本町にある長沼《ながぬま》道場の同門でもあったから、気の置けない親しい仲であった。

「いずれにしても暮れてからだな……」

慎吾は表門に通じる青い敷石に目をやった。

奉行所の中間《ちゅうげん》小者が雪掻きして、そこは整然と道筋がついていたが、左右の那智黒《なちぐろ》の砂利は雪に覆われていた。曇天なので西日の反照もない。

二人の『臭い』務めとは、毎年暮れも押し迫ると、汚れた古い褌《ふんどし》を町の四辻に捨てて『厄落《やくおと》し』する、江戸の悪習を取り締まるものだった。

「甚《はなは》だ、よからぬ習慣である」

と南北奉行所申し合わせて町触れを出し、今年から違反するものは見つけ次第番所に引っ立てて科料《かりょう》（罰金）となったが、

――どうせ、三日法度《みっかはっと》だ。

と庶民たちはせせら笑い、徹底はおぼつかない。

そこで、見せしめのために何人かを敲《たた》きに処すべきではないか、と両奉行の内寄合で決まったのが昨日である。

日のあるうちに褌を捨てにくる者もいないだろうから、日没になってから見廻りに出ようと慎吾たちは待機していたのである。

町触れは江戸に三人いる町年寄を奉行所に呼んで通達し、町年寄は町会所に町名主を集めて下達する。それから家主が字の読めぬ裏長屋の店子《たなこ》に聞かせ、八百

八町に触れ渡る仕組みになっていた。

ところが違反者を出すと町内の肝入《きもい》り役が同伴して出頭しなければならず、当人に罰金を払う余裕がないと町費用となるので、よほどのことでもないと徹底は期しがたい。

それを取り締まるのが慎吾の役目だが、もともと本務は『定触方』という機動任務の差配役だ。めったにそんな事もないから、ふだんは閑職にひとしい役回りを兼務していた。

定町廻りも刑事専門ではないから、今度は二人して『浄化作戦』を果たさねばならなかった。

相役たちは早々と出掛けて行ったが、どこまで本気か分からない。いくら『不浄役人』と陰口を叩かれる町同心でも、汚れ褌の摘発など気が乗らぬのは無理からぬことであった。

慎吾も寛十郎も、そのへんは同じだが、「また、三日法度と馬鹿にされる」のも癪《しゃく》なので、二、三人はひっ捕らえる気になっていた。

本石町《ほんこくちょう》の暮れ六ッ（六時）の鐘が聞こえて、表門が閉まりかけるときになって、

「そろそろ、行くか」

と二人は重い腰を上げた。

師走《しわす》も十五日を過ぎると、歳の市に出掛ける者や煤竹《すすだけ》売りなどの物売りが賑やかに声をあげて町を行き交う。餅つきの音が聞こえてくるのもこの頃だ。

だが虎の御門外の溜池《ためいけ》あたりは、行き交う人もなく、人家もまばらで軒灯の明かりも降りだした雪に隠れて寂しかった。

日が暮れたこともあり、降雪に紛れて厄落しの褌を四辻に捨てにくる男たちが出てきては、足早に遠ざかる。

六本木村からの長い坂を下りてきた男が一人、蓑笠《みのがさ》に家紋入りの提灯《ちょうちん》を下げて溜池に向かっていた。軽い旅装で、身形《みなり》もそれなりの四十男である。

江戸近郊の渋谷村《しぶやむら》の外れ、道玄坂上《どうげんざかうえ》の庄屋・太左衛門《たざえもん》であった。

日のあるうちに江戸宿に入るつもりが、思わぬ家人のゴタゴタがあって出立が遅れてしまった。

四辻に出たときである。

褌を抱えた職人ふうの男が、赤坂御門のほうから走ってきた。

――ああ、厄落しの褌を捨てにきた手合いだな……。

と太左衛門は苦笑いした。

すると新シ橋《あたらばし》のほうからもう一人、これも褌を抱えた職人ふうの男が四辻に走りこんでくる。

背後からも雪を踏みしめる足音が迫ってきた。

太左衛門は足を止め、笠の目庇《まびさし》を上げた。

赤坂御門のほうから走ってきた男が、提灯をたよりに間近に迫った。

「つかぬことを、伺いやすが……」

男は提灯の家紋を確かめるように視線をやって、

「渋谷村の、太左衛門様でごぜえやすか？」

「そうだが……なぜ私の名を知っているのかね？」

太左衛門が胸騒ぎを覚えたとき、いきなり背後から汚れ褌が首に掛けられた。

「うっ！」

太左衛門は、提灯を落として、咄嗟《とっさ》に首にかかった褌に手を掛けた。

そこへ、新シ橋のほうから走り寄った男が汚れ褌を顔面に押しつけてきた。

「むうう……」

異様な臭いがした。

もがく太左衛門を、誰何《すいか》した男が鳩尾《みぞおち》に強《したた》かに当て身を突きいれた。

崩れる太左衛門の口に、異臭の褌が突っ込まれた。

背後で拍子木《ひょうしぎ》の音が聞こえる。虎の御門の門番の夜回りだった。

「ちいっ！」

誰何した男が舌打ちした。

太左衛門が落とした提灯が燃えている。

「ずらかれ！　どのみち助からねえ……」

財布《さいふ》を抜き取った男が仲間を促した。

「お前たち！　何をしている！」

拍子木の音が止んで、夜回りの声が迫ってくる。

厄落しの褌を残して、三人の男は坂の上へ逃げ散っていった。

二

「阿呆《あほ》らしくて、やってられねえ。一息いれようぜ」

寛十郎は馬喰町一丁目の四辻で、ついに音《ね》を上げた。

数寄屋橋《すきやばし》御門外から、それと狙いをつけた四辻を何カ所か回ってきたのだが、気ぜわしく行き交う師走の人込みに紛れて厄落しの褌が捨てられてゆくので、誰が当人か見分けもつかない。

かといって褌を回収して回る気にもなれず、人込みが収まってから出直すことにして、居酒屋で体を温めようとしたのだが、慎吾は下戸《げこ》なので付き合わせるのも気の毒と、馬喰町三丁目の鈴屋《すずや》に寄ることにした。

馬喰町一帯は公事宿《くじやど》と呼ばれる旅籠《はたご》が密集しているところで、両国橋西詰近い初音《はつね》の馬場の御用屋敷までに百軒ほどが軒《のき》を連ねている。

鈴屋もその一つで、女主人のお寿々《すず》は慎吾の幼なじみ。慎吾が北裏の橋本町の長沼道場に通っていた少年時代からの長い付き合いであった。

御勘定衆の家に生まれた部屋住みの慎吾は、縁あって八丁堀《はっちょうぼり》の多門家に養子に入り、そこの一人娘を妻としたが、新婚わずか三年半で亡くしている。

お寿々もまた同業の馬喰町の公事宿の息子を婿にしたが、これも一年で寡婦《かふ》になった。

世が世であれば結ばれても不思議はない二人だったが、身分違いと生家の事情もあって、互いに似たような運命を辿《たど》った。

寛十郎もそんな二人の仲をもどかしく見守ってきた一人である。そんなわけで、どうせならと鈴屋に慎吾を誘って繰り込むことにしたのだ。

鈴屋の前では、番頭の吉兵衛《きちべえ》が人待ち顔で立っていた。

「これは、お揃いでようこそ」

「邪魔ァするぜ」

慎吾が暖簾《のれん》を潜るより先に玄関に駆け込んだ吉兵衛が、なかに声を掛ける。

「お嬢さん！　多門様と白樫様がお見えですよ」

亡くなったお寿々の父の代から仕える吉兵衛は、今でもそう呼ぶ癖が抜けない。僅か一年たらずで寡婦になった若後家である。昔の呼び方に戻っていた。

「まぁ慎吾さま。白樫様も。こんな夜分までお勤めでしたの？」

正月を迎える準備に忙しいお寿々は、みずから襷掛《たすきが》けして女中たちに混じって立ち働いていたようだ。

「なに、まだ役目が済んだわけじゃねえ。ちょいと息抜きに寄っただけだ。寛十郎に熱燗《あつかん》でも出してやってくれ」

と微笑しながら上がりこんだ。勝手知ったる宿である。養家の多門家よりは、よほど気が休まるところだった。

「お寿々さん。俺たちに気遣いは無用だ。仕事を続けてくんな」

寛十郎も苦笑しながら後に続く。

「あら、多門様。よいところへ。これから餅つきですよ」

階段下の廊下でお花《はな》が笑顔で迎える。

お花は、潮来《いたこ》から出てきた両親と許婚者《いいなずけ》とともに、訴訟のため鈴屋に逗留《とうりゅう》している。いまでは鈴屋を手伝って女中ぶりも板についていた。

公事宿は、地方から訴訟に出てきた訴人たちを泊める旅籠で、法律事務所を兼ねていた。主に出入物《でいりもの》（民事訴訟）を扱い、下代《げだい》という法律書式に明るい専門家を置いて、訴状ほかの代筆、代行を務める公認の宿である。

鈴屋の下代は番頭の吉兵衛だった。

公事宿の主人は、関東筋の詰代官たちが詰める馬喰町御用屋敷や勘定奉行所、町奉行所へ訴訟人の差添《さしぞえ》（同行）を務める。

奉行所からの差紙《さしがみ》（召喚状）も公事宿に届くことになっていた。係争者双方は別々の公事宿を指定され、公事宿は『預かり人』として責任をもたされるのである。

訴訟は数度にわたり、へたをすると数年越しになるものもある。その度に係争中の当事者は江戸と在所を行ったり来たりするのだが、別の宿に移ったり江戸の親類などに泊まったりすることは、原則として許されない。

お花も三ヵ月越しの訴訟で両親たちと逗留するうちに、お寿々と姉妹のように打ち解け、人手不足の鈴屋を手伝いながら、今ではなくてはならぬ働き手になっていた。

「つきたてのお餅を、召し上がっていってくださいな」

もうすっかり鈴屋の身内のような口ぶりである。

「ええ、お待ちイ！」

玄関で威勢のいい鳶《とび》の声が聞こえた。

町入用の鳶の者たちが『ひきずり餅』を搗《つ》きにやってきたのだ。

いろは四十七組の町火消したちは、火事出動のほかに様々な町内の手伝いをする。暮れには臼《うす》と杵《きね》を持ち歩き、家々の玄関の前で威勢よく声を挙げて餅を搗いて回る。これを『ひきずり餅』といい、江戸の町家では自分の家では搗かない。菓子屋の餅を買うのも嫌った。なによりも威勢がいいから、見栄っぱりの江戸っ子たちはほとんどこれを頼んだ。

なので大晦日《おおみそか》までは、この餅搗きの声が夜通しどこかしらであがっている。

居間の炬燵《こたつ》へもぐり込んだ慎吾と寛十郎に、お寿々が燗酒と肴《さかな》を運び、生茶を煮て、いそいそともてなした。これも年の瀬ならではである。

お寿々も、厄落し褌の取り締まりだと聞かされて、思わず吹き出したいのをこらえた。

そんなところへ、白樫家出入りの岡っ引きの一人・向柳原《むこうやなぎわら》を縄張りにしている文次《ぶんじ》が、手代の清六《せいろく》の案内で駆け込んできた。

「旦那、どこかと思えばこちらでしたかい」

あちこち捜し回ったらしく、すっかり息があがっている。

「師走には岡っ引きも走るらしい」

冗談で迎えた寛十郎だったが、

「向柳原の医学館《いがくかん》に、厄落し褌で殺されかけた男が運びこまれやしたんで」

と聞いて、思わず慎吾と顔を見交わした。

「ってこたァ、まだ息があるんだな？」

「どこで、やられた？」

二人は腰を浮かしかけた。

「溜池近い四辻らしいです。虎の御門の門番の夜回りが見つけて自身番に担ぎこんだそうですが、厄落し褌に異様な臭いがしみ込んでおりやして、嗅いでみると頭が痺《しび》れるほどクラッとくる代物《しろもの》で」

「抜かったな。溜池まで足を伸ばしておくんだった」

呟く慎吾に、寛十郎も苦がりきった。

「厄落としで命落としたんじゃ、しゃれにもならねえ」

「毒か？」

「それを今、医学館の当直の御番医に調べてもらってます。担ぎこまれた自身番で始末に困りやしたようで、辻駕籠《つじかご》で運びこまれたんで」

「寛十郎、こいつァ聞き捨てにならんな。俺も行く」

慎吾に促され、寛十郎も餅搗きの始まった玄関の外へ足早に出て行った。

吉兵衛は、あいかわらず人待ち顔で暖簾を出たり入ったりしている。

慎吾たちを見送りに玄関に出たお寿々も、気になるらしく、

「まだ、お見えにならないの？」

と不安げに声をかけた。

「ええ……町木戸が閉まるまでには着くとは思いますがね」

と、暖簾をあげてまた外を窺った。

医学館は向柳原の下谷《したや》新シ橋通りに面したところにあった。二千四十坪もある官立の幕医の講義所で、臨床のための病棟も併設されていた。

数年前に火災に遭い、佐久間町から移転したものだ。江戸では唯一の国立医大病院ともいうべきもので、多紀《たき》氏が代々館長を務めている。もともと私塾であったものが明和《めいわ》年間（一七六四〜七二）に官立になった。

貧民のために『赤ひげ』こと小川《おがわ》氏が官立にこぎ着けた小石川養生所に比べると、設備も予算も雲泥の差がある。

別に町屋敷が与えられ、そこから上がる地代家賃が医学館の運営費に充《あ》てられていた。

担ぎこまれた男が、百姓にしては随分立派な身ごしらえをしていたので、近在の庄屋ではないかと思い、溜池の自身番に駆けつけた町役人《ちょうやくにん》が医学館に運ばせたのだという。

文次の案内で表門を入った慎吾と寛十郎は、応接所で待たされた。

ほどなくして当直の役医官が現れた。身分は御番医師である。

五十がらみの小柄な痩身の医師で、白皙《はくせき》の上の広い額がいかにも幕医らしい。

「夜分にご苦労なことです」

と静かに慎吾たちを労《ねぎら》ってから、

「遠藤正典《えんどうまさのり》と申します」

と名乗った。

「……では、木下《きのした》先生の？」

思わず慎吾の口をついて出た言葉に、

「はて？　お手前は？」

「八丁堀の多門です」

「ああ、あなたが？」

今度は遠藤が驚く番だった。古い知己《ちき》の木下専心斎《せんしんさい》は昌平坂《しょうへいざか》学問所の儒官で、八丁堀の多門家の敷地に借家住まいしていた。

遠藤は木下の内儀の敏乃《としの》が慎吾の義母の多貴《たき》に縁談を持ちかけていた、後添え候補の早苗《さなえ》の父親だったのである。

二人とも実際に顔を合わせるのは、これが初めてであったが、女たちが密かに進めている縁談は遠藤も無論承知している。

場違いの空気になりかけたので、慎吾は慌てて話題を戻した。

「担ぎこまれた者は、今どうしています？」

「診察所で昏倒したままです。意識を取り戻すまでは病棟には収容できませんのでな」

遠藤の話では、医学館には五十畳ほどの病棟があるのだという。

「身元は分かりましたか？」

と寛十郎。

「いや。所持品には手をつけておりません」

「本人には会えますか」

「ご案内します。まだ意識が戻るまでには時間を要するが……」

遠藤は先に立って二人を案内した。

三

男は火鉢で暖められた診察所に、夜具をかけられて寝かされていた。

慎吾は、異臭を放つ褌に鼻を近づけてみたが、すぐに息を止めて顔を離した。

「ひどい臭いですね」

「俗に言う曼陀羅華《まんだらげ》……朝鮮朝顔から抽出した劇毒です。外科で麻酔に用いるもので、当医学館の薬園でも栽培はしていますが、一般に出回るものではない」

「ということは、襲った連中のなかに医者がいるということですか？」

「さあ、それはどうですか。薬種に詳しい者なら、法度と知りながら密培して悪用することも考えられないわけではない」

遠藤は慎重に答えた。

医師免許のない当時、薬草の知識さえあれば誰でも医者になれた。幕医のほかに町医者を自称するものは掃いて捨てるほどいる。

外科と言えば蘭方医《らんぽうい》で、本道（内科）を尊ぶ幕医には少ない。それでは時代遅れになると言うので、医学館を庇護《ひご》した松平定信《まつだいらさだのぶ》が老中時代にわざわざ桂川甫周《かつらがわほしゅう》を外科の教授に入れたほどで、外科の名医はむしろ町医者に多い。

だから遠藤の言い方には微妙なものがあった。朝鮮朝顔を使いこなせるほどの医学生は悔しいかな医学館にはいない。

遠藤正典にとって権威と実態の隔たりは恥ずべき現実であった。

「役儀なれば」

と寛十郎は、男の所持品を改めていた。

巾着《きんちゃく》の紐も切られ、財布も奪われたのか見当たらなかった。だが、背嚢《はいのう》のなかに油紙で包まれた一通の手紙を捜し当てた寛十郎は、中を開いてアッと息を呑んだ。

「慎吾……こいつァ驚いたな……」

その手紙は、鈴屋の主人・お寿々から差し出されたもので、明日の町奉行所で審議される公事の差紙が届いたことを告げる知らせだった。日付は十日も前だ。

「お寿々ンとこの預かり人だったのか……」

慎吾も呻いた。

「とすれば……鈴屋にくる途次に襲われたってことになる」

「遠藤先生、これで身元はわかりましたぜ。本人が意識を取り戻し次第、引き取らせてもらいます」

寛十郎は昏睡する男に眼を戻して言った。

男の名は、渋谷村の道玄坂上の庄屋・太左衛門であることが判明した。

「なんですって!?」

お寿々は、医学館から戻った慎吾から太左衛門のことを聞いて耳を疑った。

「いくら待っても来ないはずですね……」

吉兵衛も戸惑っている。通いの番頭で住まいは橘町《たちばなちょう》にあるのだが、帰らずに太左衛門を待っていたのだ。明日の出廷に間に合わないと公事宿の責任になるからだ。

「意識が戻ったら鈴屋に身柄を移すことになっているが、明日の出廷は無理だろうな。吉兵衛、朝一番で届けを出しておいたほうがいい」

「はい、ありがとうございました。助かります」

吉兵衛は、さっそく下代部屋で筆をとった。

無断で出廷に遅れたり欠席したりすると、奉行所からきつい叱りがあるばかりか、次からまともに取り合ってもらえない。度重なると資格を取り上げられるので、公事宿にとっては死活問題なのである。

「太左衛門の公事は金公事《かねくじ》か？」

慎吾がお寿々に訊いた。

金公事とは金銭にまつわる民事訴訟で、公事宿が扱うのはほとんどがこれである。

「いいえ。遺言状を巡って、弟さんと揉めているんです」

お寿々が、もう一年にもなる訴訟の内容を明かした。

それによると、太左衛門の父親・太郎兵衛《たろべえ》は堀留町《ほりどめちょう》の表長屋・裏長屋あわせて百軒ほどを預かる家主で、みずからも表長屋で筆硯問屋を商っていたが、一年ほど前から行方不明になっていた。

俳諧師《はいかいし》仲間の句会の帰りに行方知れずとなり、家人は家出する理由もあるではなし、通り魔に襲われたのではないかと町奉行所へ届け出ていたが、死体があがらず、それきりになっている。

そんな折りに太左衛門の弟が、父親が生前に書き遺したという遺言状を出し、父親の遺産と、家主の権利の引き継ぎを主張したのだが、兄のほうでは遺言状は無効だと反論して、親父の遺産は自分が引き継ぐべきものだと出訴したのだという。


「弟は父親と同居していたのか？」

「いえ。駒込《こまごめ》の母方の実家に預けられています。幼い頃から兄弟仲が悪く、兄さんの方は父親の生家の渋谷村へ養子に出され、今はその庄屋を継いでいますが、弟の次郎右衛門《じろうえもん》さんは放蕩《ほうとう》が止まず、勘当同然に母方の親戚に預けられていたんです」

「遺言状の真偽は？」

「実印は父親のものでしたが、筆跡が違うので、兄さんのほうは、弟が無理やり印を捺《お》させたのだと、遺言状の無効を主張したのです」

「太郎兵衛の女房は？」

「堀留町の筆硯問屋・大和屋《やまとや》の留守を守っていますが、なにせ百軒ほどもの大家さんです、地主さんたちが早く後を引き継ぐ者を出せ、でなければ他の人を立てると言い募るものですから、女房のお常《つね》さんも困り果てているような状況なんです」

「兄弟は、そのお常が生んだ子かい」

「ええ。もう二人とも四十は過ぎていますけれど……」

「母親は、どっちの肩をもっているんだ？」

「どっちとも言えません。御番所から内済を勧められて、双方の公事宿立会いのもとで話し合いをもったのですけれど、お常さんは、まだ旦那さんが死んだとわかったわけではないから遺産分けは保留にして、別の家主を代行に立てようといいますし、兄弟は、もう生きているはずもないから、どちらかが父親の後を引き継ぐと言い張って譲りません。内済は決裂したんです」

「遺産分けともなれば、女房にも取り分はあるわけだな」

「ええ。大和屋さんは自分の店のほかに、預かった長屋のなかには地所や家作も少なからずあるようです」

「それじゃ、兄弟も容易に譲らねえわけだ……」

「太左衛門さんは、渋谷村の庄屋を息子に譲って隠居し、自分は母親と同居して堀留町の家主を引き継ぐと言っていましたが、次郎右衛門さんが猛反対して、父親が行方知れずになったのは、兄さんが陰で手を回して命を奪ったに違いないと、御番所に訴え出たのです」

「弟の公事宿は？」

「武蔵屋《むさしや》さんです」

「ふむう……鈴屋にとっちゃ厄介な相手だな」

武蔵屋は、非公認の公事師を陰で使って訴訟をこじらせ示談金をつり上げる腰《こし》押《お》しをやることで知られている。慎吾もこれまで手を焼いていた町触れ違反の常習だが、尻尾《しっぽ》を摑ませないので廃業に追い込むこともできずにいた。

「それで、明日のお白州《しらす》は……？」

「太左衛門さんの『違背書』を鈴屋《うち》から届け出を出していましたので、その御審議になるはずでした……」

『違背書』とは反論書で、下代の吉兵衛が作成したものだが、奉行所への差添には公事宿の主人が立ち会うのが原則であった。鈴屋からはお寿々が出る。

「吟味物《ぎんみもの》（刑事訴訟）になると……ますますこじれてしまいます」

お寿々にとっては頭の痛いことであった。

出入物（民事訴訟）専門の公事宿でも、ときどき吟味物が絡んでくる。武蔵屋は多くの下座見《げざみ》（情報屋）を抱えているのでお手のものだが、鈴屋には日頃そうした者を抱えておく余裕はなかった。

こうなると慎吾と寛十郎が頼りである。

「慎吾さま……太左衛門さんは、いったい誰に襲われたのでしょう？」

「厄落し褌を使ってのただの物取りでもなさそうだ……まァ俺にまかせておけ」

四

翌日。意識を取り戻した太左衛門は、白樫寛十郎立会いのもと医学館から馬喰町の鈴屋に移された。

白州の審議は吉兵衛の届け出で、後日に回され、改めて差紙が届くまで二階の一室に逗留し、後養生をすることになった。

慎吾も顔を出し、襲われた時の様子を聞く。

「……弟の、差しがねに違いありません……」

太左衛門は、布団に半身を起こして悔しげに呟いた。

襲われる直前に身元を確かめる誰何があったことから見て、家紋の提灯を持つ自分を襲わせたのは弟の次郎右衛門以外に考えられないと言った。

「明日の出廷を控えて、すぐにも嫌疑が及ぶとわかっていながら、そんなことをするもんかな」

寛十郎は、俄《にわか》には信じられない様子だったが、お寿々から骨肉の争いの根の深さを聞いて、ともかくも犯行現場に立ち会った虎の御門の夜回りから事情を聴取するために出掛けて行った。

医学館から解毒の処置を施した遠藤正典もついてきて、薬の調合をし、後養生の食事の注意をお寿々に教えて帰っていった。

お寿々は慎吾の縁談相手の父親とは知らず、慎吾もそのことには一切触れなかった。

慎吾は馬喰町北裏の橋本町の願人坊主《がんにんぼうず》長屋を訪れた。

年末年始は往来芸で喜捨を募る物貰いの彼らにとって書き入れ時で、朝から町に繰り出して行ったが、元締の朴斎《ぼくさい》は「スタスタ坊主」の支度にかかり、これから出掛けようというところだった。

朴斎は、寛十郎から鑑札をもらっている隠れ岡っ引きの親分でもある。慎吾も長沼道場に通っていらいの顔見知りで、こみいった事件のときには手先として頼りにしていた。

「こりゃ旦那」

寒中とはいえ裸同然で腰に注連縄《しめなわ》、額に鉢巻きという出で立ちで町に繰り出すスタスタ坊主の朴斎は、相好を崩して慎吾を迎えた。

「暮れの書き入れ時にすまねえが、大将の力を貸してもらいたくてやってきた」

「へい。遠慮は無用ですぜ。なんなりと仰《おつしや》って下せえ」

慎吾は、用件のあらましを伝え、武蔵屋の預かり人である駒込の次郎右衛門の身元を洗ってくれるように頼みこんだ。

「お安い御用です。うちの連中を、そっちに流しやしょう」

朴斎は気安く請け合ってくれた。

慎吾は、その足で堀留町に向かった。

途中、芝居町と呼ばれる堺町と葺屋町《ふきやちょう》を通る。

市村座、中村座、人形浄瑠璃《にんぎょうじょうるり》ほかの芝居小屋に、大小の芝居茶屋が軒を連ね、いつもは着飾った女たちで溢れかえる通りも、いまは様子が一変していた。

そろそろ芝居興行は停止《ちょうじ》になる。芝居茶屋も正月を迎える準備で慌ただしい。

慎吾は堀留川にかかる和国橋《わこくばし》を渡って、表通りの筆硯問屋・大和屋の暖簾を潜り、内儀のお常を訪《おとな》った。

付近一帯の百軒の家主を務めるという割には小ぢんまりとした店で、手代が二人、あとは丁稚《でっち》の姿しか見えない。

帳場格子から六十を越えた小柄な女房が、慎吾の応接に出た。お常だった。

三紋付きの黒羽織に博多帯の着流しの慎吾は一見して町同心とわかる。

お常は緊張の面持ちで慎吾を迎えて座布団を勧めた。

早速、昨夜の太左衛門襲撃の一件を切り出すと、お常は肩を落として眼を閉じ、力なく首を振りつづけた。

「おめえさんに、心当たりはねえかい？」

「ございません……」

兄弟の争いには、ことさら触れたがらない様子が窺える。

慎吾は話題を太郎兵衛に向けた。

「あれから何の連絡もございません……本当に、もう死んでいるのかも知れません」

人に恨みをかう人ではないと、女房は言った。

「物取りに襲われて、命を落としたと思っていなさるかい」

お常は、力なく首を振りつづけるだけだった。

気の毒とは思ったが、慎吾はカマをかけてみた。

「兄弟のいずれかが……父親を殺したというフシはないか？」

お常はハッと顔をあげて、怯えた眼になり、

「そんな……あってはならぬことです……」

唇を震わせて、目に涙さえ浮かべる。

——まんざら見当はずれではないようだ。

その顔色から慎吾は読み取った。

だが母親としては、到底信じたくないことには違いない。父親殺しは未遂であっても死罪となるのが、御定書百箇条《おさだめがきひやっかじょう》の定めである。

奉行の裁きを待つまでもなく、庶民の誰でも知っていることだった。母親なら息子を庇《かば》うのは当然である。

「また、寄らして貰うよ。おめえさんも難儀なことだな」

慎吾は労《いたわ》りの言葉を掛けて、その場は引き上げるしかなかった。

一旦、数寄屋橋御門内の奉行所に戻ったが、寛十郎のほうもさしたる収穫はなかったらしい。

慎吾が八丁堀の組屋敷に戻ると、下男の伊作《いさく》が門の前に出迎えていた。

「旦那様。木下先生が……お帰りになられたら立ち寄っていただけぬかという事でございますが……」

「そうか」

慎吾は自邸の門のなか、敷地内の木下専心斎の家を訪ねた。

内儀の敏乃に迎えられ、奥の部屋に通される。儒官らしく部屋は蔵書が山積みされていて、来客がいた。

医学館の遠藤正典だった。

「これは……」

慎吾も面食らった。

「木下先生にお願いして、お呼びたてしました。申し訳ない」

「いや……」

戸惑う慎吾に、専心斎が座布団を勧める。

「まあ、お座り下さい」

敏乃がお茶を運んできた。どこか浮き浮きしているのが慎吾には気になる。

――まさか、早苗殿との縁談のことでは……。

敏乃の顔色には、そんな期待を匂わせるものがある。

「お前は下がっていなさい」

専心斎に言われて、敏乃は少し意外な顔をしたが、そのまま部屋を下がった。

本人にしてみれば、いよいよ早苗の父親が腰をあげてくれたものと思い込んでいたようだ。当然自分も話の輪のなかに入れてもらえるものと意気込んでいたらしい。

「話というのは、他でもございません。渋谷村の太左衛門に関することでございましてな」

と遠藤が切り出した。

「医学館で遠藤殿が施療にあたっていた老人が、今度の一件に関わりがあるのではと、それを伝えに見えられたのです。いきなりお宅を訪ねるのも何かと差し障りがある。それで私を訪ねてこられたのです」

と専心斎が補足した。

「ほう」

慎吾も緊張を解いた。縁談話ではないと知ってホッとしたのと、新たな手掛かりが摑めそうな期待がないまぜになる。

「一年ほど前から、医学館で預かっておる老人でしてな。歳の頃なら六十から七十の間といったところです。本人は記憶を喪失しておりまして、名前も身元もいまだに判明しておりません」

「一年前……ですか？」

「さよう。鈴屋で、太左衛門が関わる訴訟が、一年前に行方知れずになった父親の遺言状を巡ってのことだと聞いて、気になりましてな」

「太左衛門兄弟の父親の年格好と同じですね。行方知れずになったのが一年前という時期も符合する」

「いかにも。それで医学館に戻って、水を向けてみたのです。記憶を取り戻す契機になればと……」

「思い出しましたか？」

「太郎兵衛という名にも、息子とおぼしき兄弟の名にも、堀留町のことにも反応しませんでした。ただ、遺言状に反応がありました」

「書いた憶《おぼ》えがあると？」

遠藤は頷いて、

「お珠《たま》に……いやお珠の養育の後見に立ってくれる者に全財産を譲りたいと、書いた記憶があるというのです」

「お珠というからには、娘ですか？　それもまだ幼い？」

「または、成人していても病の身か、不自由な身か……」

「ほかには？」

「それだけです」

「その老人が医学館に運びこまれたときの様子は？」

「下帯一つの丸裸同然でした。首を締められた痕跡もあり、全身そこかしこに、殴られ蹴られた痕もあった。おまけに雪の川にでも転がり落とされたのでしょう、溺死寸前の兆候さえある。発見されたのは割下水《わりげすい》の岸で、それも深夜のことで、通りがかった火の番の夜回りの目に止まらなかったら、朝方には凍死していたことでしょう」

「追剥《おいはぎ》に？」

「でしょうな。ただ下帯が上質な縮緬《ちりめん》でしたので、どこぞの大店の隠居と思われる。自身番に届けて、本所・向島《むこうじま》の隠居に行方知れずの者はいないか当たってもらいましたが、該当する者はおりませんでした」

「遠藤先生は、その老人が太郎兵衛だと？」

「確信はもてませんが……多門殿のお耳に入れておくべきではないかと……」

「いや。有り難う存じました。また老人が何か思い出しましたら、お知らせ願えますか？」

「承知しました」

その夜は、それで遠藤は引き上げていった。

敏乃が怪訝《けげん》そうな顔で、慎吾と遠藤の見送りに出た。

結局、早苗の縁談のことには遠藤も触れずに別れたのである。

# 五

「わたしには姉も妹もおりません。兄弟二人きりですが……」

太左衛門は、怪訝そうに答えた。

慎吾からそれとなく家族の事情を聞いておけ、と言われたお寿々に訊ねられて答えたものである。

来る節分の日に、改めて白州で審議すると奉行所から差紙が届いたので、下代の吉兵衛と下打合せしたときに、切り出した。

西暦では二月の節分も陰暦ではほとんど十二月にずれる。立春の前日である。

鈴屋は預かり人の太左衛門の代人であるから、弟の出訴に対抗して遺言状を無効に追い込まねばならない。

問題はその後、このまま父親が見つからない場合の遺産の振り分けであった。

「……そう言えば、親父には、お留《とめ》という妾に生ませた娘が一人おります。お駒《こま》といって、歳はたしか十八になります」

江戸時代の財産分与の定めでは、妾にも相続権がある。

「でも親父は、のちのち揉めることがないように妾母子には葺屋町の袋物屋を与えていますから、遺産争いに加わることはありません」

「ほかに、隠し子がいるというようなことは？」

吉兵衛が訊ねると、

「そんな者はおりません！　いや、いないはずだ……」

と不安を覗かせた。

お寿々は、階下の居間で待つ慎吾にそれを伝えた。

「そうか……お珠じゃねえとすると、医学館の爺様は太郎兵衛じゃねえのかも知れんな」

「でも、隠し子がほかにいるかもしれませんし……」

「それもそうだが……」

「医学館の年寄りのことは、太左衛門さんには伝えないほうがいいのですか？」

「ああ。一年前に担ぎ込まれた様子のことを考えると、爺様が思い出すまで知らせずにいたほうがよさそうだ」

「……」

「弟が申し立てているのが根も葉もねえ言いがかりじゃねえとすると、太左衛門が跡目を焦って、親父殺しに手を染めたかも知れねえからな。生きてると分かりや、またぞろどんな目に遭わさねえとも限らねえ……」

お寿々は、おぞましさにブルッと身を震わせて襟を掻き合わせた。


堀留町の筆硯問屋・大和屋に、妙齢の娘が訪ねてきていた。

武家娘のつくりだが、実は遠藤正典の息女の早苗である。

父親が帯刀を許された旗本格の御番医師なので、万事が武家風に育てられている。早苗は繁忙を極める父に成り代わり、医学館に収容された老人の身元を確かめるため、お常を訪問したのである。

「それは……まことでございますか？」

お常は、茶の間に迎えた早苗から、あらましを聞かされて耳を疑った。

聞けば聞くほど、亭主の太郎兵衛ではないかと思われるのだ。

「父は、お内儀が見えられれば、ご本人も記憶を取り戻すのではないかと申しております が？」

「それはご丁寧に有り難うございました。すぐにも伺いたいのは山々ですが、実は事情がありまして、迂闊《うかつ》に出向くこともままならぬ身でございます」

と、お常は声を落とした。

「でも、必ず参ります。日を改めて必ず伺います！　どうか、そのように御役医様にお伝え下さいまし」

と涙ながらに両手をついて、頭を下げた。

早苗も見るに見かねて、父から託された遺言状の真偽を確かめるだけに留めた。

「医学館のご老人は、お珠という人に遺産を託す遺言状を書いた記憶があると言っているそうですが、お心当たりはございませんか？」

お常は、しばらく考えこんでいたが、首を振って、

「そのような名前の女は存じません。主人は俳句道楽のほかにはお金を遣うことを嫌っておりました。二十年ほど前に一人、妾をつくりましたが、袋物の小商いをさせて暮らしの立つようにしてから、他に女を作るでもなし……こういっては何ですが、極度の吝嗇《けち》でございます。放蕩者の次男が金遣いが荒いと、勘当同然に家から出し、あたしの実家の兄のもとで預かってもらっているような次第で。本家に出した長男が、庄屋の跡目を息子に譲ってこちらの家主を継ぎたいと申しましても、死ぬまで手放しはしないと追い返すほどで……他に女を囲って散財するとは思えません」

と溜め息まじりに打ち明けた。

「それでは、帰りまして父にそのように伝えます。まだこちらの旦那様と分かったわりではありませんが、記憶を取り戻す品物か、お話がありましたらお聞かせ下さいまし。ご迷惑でなければ、また伺わせていただきます」

「はい、はい。それは、こちからも宜しくお願いいたします。ご足労をおかけいたしました」

と丁重に店先まで見送りに出た。

その後、お常は往来の人込みのどこかに潜んでいるらしい視線に怯えた。

亭主が行方知れずになってから、息子たちはお為ごかしに見舞いにきたが、その実け父親を密かに匿《かくま》っているのではないかと疑っている。

お常の外出先を誰かに見張らせているようなことが、これまでにも何度かあった。それでお常は不用意に外出もならない日々を送っている。

店の手代や丁稚たちも抱き込まれているのではないかと、疑心暗鬼にかられるほどの毎日なのである。

早苗と名乗る御役医の娘も、筆を買い求めにきた客と思わせておけば不審には思われない。お常はあれこれと取り越し苦労を巡らしながら、店に戻った。

だが、帳場に戻ってもなぜか落ちつかない。

節分の日には、南の御番所まで証人として出廷するようにとの差紙が届けられていた。

――何とかして、兄弟の醜い争いをやめさたい……。

お常は、一日としてそれを願わぬ日はなかった。

医学館の記憶喪失の老人が、『お珠』という女に遺産を託した遺言状を思い出したと早苗から聞いて、いてもたってもいられなくなった。

お常は、俳句をひねるときに亭主が使っていた茶室ふうの小部屋に走りこむと、違い棚の奥にある文箱を捜した。

そこには亭主が大切にしていた硯や筆と一緒に、内密のものが隠されているような気がしたのである。

今まで何度か中を見たい誘惑にかられたが、亭主が不意に戻ってくるような気がして、恐ろしくてそのままにしていたものである。

お常は、踏台を使って違い棚の奥から文箱を捜し出すと、中を開けた。

値打ち物の硯を重しにして何通かの沽券状《こけんじょう》がある。その間に『遺言状』があった。おそるおそる美濃紙《みのがみ》に包まれたそれを開いて見る。

たしかに、亭主の直筆で『お珠を養育するものに遺産を託す』と短い文面があり、実印が捺印されていた。日付は失踪する十日ほど前のものだ。

ただ、お珠の住所も誰の子かも書かれてはいない。

――あたしの知らない隠し子がいたのだ……。

お常は、憤りを隠せない。

しばらく座り込んで立ち上がれずにいた。

お常の胸の底から、ある思案が持ち上がってきた。

――これで兄弟の醜い争いをやめさせることができるのではないか……。

亭主が指定した相続人が現れたら、二人とも相続争いから手を引かざるを得なくなる。

お常は『遺言状』を胸に押し当てて、

――これを、お白州に差し出そう。

と思い定めたのである。

六

「慎吾さま、慎吾さま、大変なことになりました！」

いつものお寿々らしくもなく泡を食らったような慌てぶりで、鈴屋の居間で願人坊主の情報を待っていた慎吾と寛十郎の前に駆け込むと、その場にへたりこんだ。

今日は節分で、南町奉行所の白州で吟味方与力の詮議があった。

太左衛門と次郎右衛門兄弟、お鈴たち公事宿の差添、それに証人として母親のお常が出廷し、改めて弟の遺言状の有効の是非が審議された。

ところが、母親から『新たな遺言状』が提出されたので、お白州は紛糾《ふんきゅう》したのである。

「その遺言状には、確かに『お珠』の名が記されていたのだな？」

慎吾は問いただした。

「ええ、兄弟も父親の真筆と認めました」

「それじゃ、次郎右衛門が出していた遺言状より効力があることになる」

「吟味与力の裁定は？」

「お珠さんを、太郎兵衛さんの相続人と認めましたが、遺言状には肝心の住まいが記載されてはいません。それで……審議は預かりとなり、お珠さんを捜し出して、改めての吟味ということになったんです」

「それじゃ、兄弟は収まりがつくめえ」

「そうなんです。公事人溜まりの腰掛けに引き上げてから大変なことになってしまってしまって！」

お寿々は思い出してまた興奮を蘇《よみがえ》らせた。

次郎右衛門は「おっ母さん！、なんてことをしてくれたんだ！」と摑みかから

ん勢いで、太左衛門は「なんで今まで、そんな物を隠していたんだ」と詰め寄り

もつれ合いの有り様になったという。

お寿々たちが割って入り、腰掛け茶屋の下役たちが兄弟を引きはがし、白州の

同心たちが駆け込む騒ぎになったというのだ。

「それで母親は？」

「兄弟は白州に呼び戻されて、次の詮議があるまで母親の住まいの一丁四方の内

には立ち寄ってならないと、申し渡しになったんです」

興奮さめやらぬお寿々の話をきいて、慎吾も寛十郎も呆れ返るばかりだった。

「お常は、なんでそんなことをしたのだろう？」

寛十郎が誰に言うともなく独りごちた。

「お常さんにしてみれば、兄弟に相続争いをやめさせて、訴訟を取り下げさせよ

うと思ってのことらしいんです」

「次の召喚は？」

「まだ決まっていません。差紙が届くのは、おそらく年が明けてからのことになると思います」

「太左衛門は？」

「鈴屋にいても埒《らち》が明かないと、手荷物をまとめて渋谷村に帰っていきました」

「……まずいな」

と慎吾が呟く。

「まずい……」

と寛十郎も眉をひそめて腕を組んだ。

「溜池の下手人が、まだ挙がっていねえんだ。二人して公事宿を離れたとなると目が行き届かねえ。弟の差しがねだと、またしても兄が襲われかねぬな」

「しかし、これで医学館の爺様が太郎兵衛であることがはっきりしたな」

慎吾が刀を摑んで立ち上がった。

「慎吾さま、どちらへ？」

「医学館に知らせてくる。爺様の記憶が戻って、この有り様を知ったら、どんな気持ちになるか、それを思うと気の毒な気もするが……」

そこへ裏庭から駆けつけたのは願人坊主の訥庵《とつあん》だった。いつもはワイワイ天王の扮装で町に出ているが、季節から節季候《せきぞろ》の出で立ちだった。

「駒込の様子が分かりやしたぜ」

と縁側に腰を下ろしながら、この数日聞き込んだ様子を伝えた。

慎吾も座り直す。

「次郎右衛門が預けられていた母親の実家は、造り花屋でしてね、随分と広い花畑をもっていやす。野郎はそこで手伝いをして居候《いそうろう》をきめこんでいやすが、四十を過ぎたってのに、遊び人風体で地回りたちとつるんでは、岡場所通いや賭場出入りで結構な暮らしをしているようでした」

「居候の割には、ずいぶん羽振りがいいな」

「そこなんですよ。畑のなかで朝鮮朝顔を作っていたようで……」

「なに？」

寛十郎が気色ばんだ。

「当主の伯父には隠れて栽培してたんでしょう。遊びの元手は、それですね。地回りどもに、よからぬ連中に流させ、しこたま稼いでたんでしょうぜ」

「訥庵、よく調べあげてくれたな。これで兄を襲わせたのは次郎右衛門だという動かぬ証拠を押さえたことになる」

「野郎をふん縛りますかい」

「駒込の自身番から手先を集めるさ。ご苦労だった。あとは商売に精を出してくれ」

「へい」

寛十郎は立ち上がって、目顔で慎吾に問うた。

「俺は、医学館で爺様の記憶を確かめる。一年前に襲われた時のことを思い出すかも知れねえ。もし次郎右衛門の差しがねなら重犯だ。そんな親不孝者なら、早いところ小塚原《こづかっぱら》に送ってやらずばなるめえ。それに、お珠の所在もつきとめねえとな……お寿々も年越しどころじゃなくなる」

二人は頷きあって、鈴屋を出た。

医学館で慎吾を迎えた遠藤正典は、奉行所の醜い兄弟の様子を耳にして長嘆息をついた。

「それにしても気の毒なことだ。いっそ記憶など戻らぬほうが、あの老人にとっては幸せなのかもしれぬが……」

「私もそう思いますが、そうも言ってられません。お珠を捜し出さない限り、母親も救われません。よほど思い詰めてのことでしょう。お珠を一日でも早く捜し出して、兄弟を相続争いから引きずり下ろさぬ限り、爺様が記憶を取り戻しても、安心して帰るどころではない」

「仰るとおりですな」

「爺様は、どうしています？」

「今日、看病中間たちが久しぶりに収容者たちに湯をつかわせました。お珠の名を思い出したのがよほど嬉しかったのでしょう。その名前を何度も呼びながら笑顔さえ浮かべていたそうです。今は病棟で就寝しておりますが、起き次第、奉行所での様子を話してきかせましょう。かなり酷《むご》いが、刺激が強ければ記憶を取り戻す可能性も大きくなる」

「何か判明しましたら、私の屋敷までお知らせください。木下先生を煩《わずら》わせることもありません。夜分でも構いませんから」

「わかりました。そうしましょう」

遠藤は微笑を浮かべて、慎吾を表玄関の式台まで見送りに出た。

――なかなか好感のもてる若者ではないか。

遠藤は、頼もしげに慎吾の後ろ姿が表門を出て見えなくなるまで見送って立っていた。

あの男なら、早苗を嫁がせても幸せにしてくれるだろう。

縁談のことは地借りしている笹目《ささめ》家の奥方からも勧められていたが、当の早苗が、なぜか身を引くような事を言っている。

「先様には、想い想われた女人《おひと》が、おられるようでございます」

その言葉を思い出して、遠藤は複雑な気分になった。

連れあいを早くに亡くし、二人の弟が成人するまで母代わりになって家を切り盛りしてきた娘である。降るような縁談を断ってきたのも弟たちの為だった。

その弟も、上は医学館の寄宿生になり、下は小石川養生所の見習医として、これも寄宿している。

ようやく手が離れ、知己の木下専心斎の内儀から、笹目家の奥方に縁談が持ち込まれ、早苗も一度はその気になったらしい。

それが、どうも思わしくない様子になっていた。

「このまま、お父様のお世話をするのも悪くはありませんわ」

と殊勝《しゅしょう》なことを口にしはじめた娘なのである。

何ともいじらしい限りだが、先方に事情があるのなら止むを得ない。そんなこともあって、噂の婿殿と偶然対面したものの、縁談の話には触れずにきたのである。

――あんな婿どのが出来ればのう……。

同じ八丁堀の組屋敷である。その気になれば娘の顔はいつでも見られるし、孫の顔も見にゆけるかもしれない。

そう思うと、娘以上に悔しい思いが募ってきた。

そうこうしているうちに、今年も大晦日を迎えることになった。

江戸では夜っぴて新年を迎える習慣なので、眠る者はほとんどいない。

寛十郎は、あれから駒込の造り花屋の周辺に張り込んでいたが、次郎右衛門は帰ってこなかった。

公事宿の武蔵屋から戻ってくると思い、手ぐすね引いて待ち構えていたのだが、どこへ潜り込んだものか行方が知れない。

こちらの動きが察知されたとは思えなかった。

　寛十郎は手先を見張りに残して、歳暮回りに奔走《ほんそう》しなければならなかった。

　これは慎吾も同様である。

　二人とも職務は奉行の直属で上役はいないが、年番与力への挨拶は欠かせない。

　職制とは別に組屋敷の地割りには区画ごとに組頭がいて、これは明らかに上役には違いないので歳暮の挨拶にゆく。分家であれば本家にと、結構回る先は少なくないのだ。

　一件が捗々《はかばか》しい進展を見せる様子もなく、二人は歳暮回りに追われていた。

　辻々には注連縄を売る鳶の小屋も立ち、餅搗きの音が町々で上がっている。

　早苗は袖頭巾《そでずきん》で顔を覆いながら、早足で芝居町の表通りを葺屋町に向かっていた。芝居興行も遊興場も数日前から停止になっており、人込みは常ほどの賑わいもない。

　早苗は中村座の横町を入って、芝居町のそこかしこにある袋物屋の一軒を訪った。大戸は下りていたので潜り戸を叩く。

　なかから、十八前後の娘が出てきた。

「つかぬことを伺います。こちらはお留様とお駒様のお住まいでしょうか」

「ええ。あたしがお駒です」

怪訝そうな娘に、早苗は身分を明かした。

医学館の役医官の娘と聞いて、お駒は早苗を招じ入れた。

なかは小ぢんまりとした店である。

使用人の姿も見当たらないので、母娘二人で切り盛りしているようだった。

行灯《あんどん》に火が入れられ、やがて奥から母親とおぼしき四十がらみの女を連れてお駒が戻ってきた。

「お留さんですか？」

「ええ」

確かめてから、早苗は用向きを告げた。

医学館に記憶を失くした老人がいて、父が施療をしていたのだが、お珠という名前を思い出したので、心当たりを捜しているのだと告げた。

母娘は驚きの顔を見交わしていた。

「お珠なら、うちにおります」

と、お駒が奥へ走り込んでゆく。

「それじゃ、医学館に旦那様が？」

お留は、一年前から姿を見せなくなった太郎兵衛の身を案じていた。

お珠は、太郎兵衛が可愛がっていた年老いた牝猫で、猫嫌いの女房のいる本宅では飼うことも出来ず、お留に預けて時折り通ってきていたのだという。

「それはもう、大層な可愛がりようで、あたしたち母娘に会いにくるというよりは、お珠に会いたくて来るのです」

お留が言っているうちに、お駒がお珠を抱いて戻ってきた。

丸々と肥えた老猫は、お駒の胸で眠そうな目を開けて大きな欠伸《あくび》をした。

「お珠さんを、貸していただけますか？　太郎兵衛さんらしいと分かっているのですが、本人の記憶がなかなか戻らないのです。お珠さんの顔を見れば記憶を取り戻すだろうと父が申しますので……もしやお留さん母娘がご存じではないかとお尋ねに伺ったわけなのです」

早苗は、お珠の頭を撫でながらホッと安堵の息をついた。

「それにしても、猫のお珠さんだったなんて……」

「お嬢様、あたしがお珠と一緒に参ります。妾の娘でも父親は父親です。この一年、心配ばかりしていました。お父っつぁんなら連れて帰りたい。堀留町の本宅じゃ、ゴタゴタが続いていると聞いています。ここなら安心です。どうぞ一緒に連れていってください」

お留も、そうして下さいと早苗に哀願した。

早苗に否やはない。お珠を抱き受け、お駒が慌ただしく支度を整えるのを待って、二人で賑わいを増す大晦日の町に飛び出した。

七

慎吾は、中間の忠助《ちゆうすけ》と帰宅したところを門のなかで専心斎に声をかけられた。

「申し訳ない。遠藤殿から火急の用件をことづかりまして、お待ち申し上げておりました」

太郎兵衛に変化があったに違いない。

「遠藤様は？」

「大晦日ゆえ、お旅所裏の屋敷に戻っておったのだが、医学館から使いがありまして、早苗さんが、例の遺言状のお珠を探し当てたというので、あわてて出掛けてゆきました。その折りに私のところに立ち寄っていかれたのです。ご足労だが医学館まで足を運んでいただけないかということで」

「承知しました」

さすがに遠藤も、大晦日の夜に直接多門家に駆け込むのは躊躇《ちゅうちょ》したらしい。

慎吾は亀島橋を渡って貸船を確保すると、中間の忠助に漕がせて大川に出た。都鳥《みやこどり》の啼《な》き騒ぐ流れを逆上《さかのぼ》り神田川に入って、新シ橋の船着場から跳び移り、向柳原の下谷新シ橋通りをひた走る。

慎吾が医学館に走りこむと、今や遅しと遠藤正典が表玄関の式台で待っていた。

「遠藤先生！」

「お珠の顔を見て、太郎兵衛は完全に記憶を取り戻しました。ささ、こちらへ！」

と診察所へ案内された。

慎吾は我が目を疑った。

なんと爺様は、丸々肥えた老猫を胸に抱きしめ、涙を流して頬ずりしていた。

「珠よ、珠ァ……お珠ァ」

何度もその名を呼びながら感涙に咽《むせ》んでいる。

その横で、老父の背中を支えて嬉し涙に頬を濡らしているのはお駒だった。

ややや離れて、振袖で貰い泣きをこらえているのは早苗であった。

早苗は、慎吾と目があって、軽い会釈をした。

一度だけ、八丁堀のお旅所近くで会釈したことがある。言葉を交わすことはなかったが、二度目の再会であった。

「多門殿、身元が判明した以上、家に戻さねばなりませぬが……」

「お父上！　堀留町に帰すのだけはやめて！　お駒さんの所へ引き取らせてやって下さいまし！」

早苗が悲痛な声を上げた。

「こんなことになっております。御番所のお目溢《めこぼ》しにしていただけますか」

「そのほうがいいでしょう……いや……」

慎吾の直観が小波《さざなみ》を立てていた。

「別のところがいい。取りあえず私の存じよりの馬喰町の宿に移ってもらったほうが無難だ……」

慎吾は、あれから鳴りをひそめた太左衛門たち兄弟の不気味さが気に掛かっていた。

白州に母親が持ち出した『お珠』に託した遺言状を、兄弟がこのままおとなしく受け入れるとは思えない。

兄弟は、邪魔者のお珠を捜し出そうと躍起になっているに違いなかった。

早苗が心当たりを捜したように、兄弟も親父の妾宅に探りを入れてくるのは時間の問題だ。おそらく正月どころではあるまい。とすれば大晦日の今夜……。

「早苗さん。太郎兵衛に付き添って、馬喰町の鈴屋に、ひとまず身を寄せていてくれますか」

「かしこまりました」

早苗は、慎吾の視線を真正面から受けて、凜々《りり》しい目で応じた。

遠目に一度だけ会釈を交わしただけなのに、自分の名を呼ばれて、早苗は一瞬身の内が引き締まる思いだった。

――嬉しい……多門様は、あたくしの名前も憶えていて下すった……。

慎吾は表玄関に出ると、控えていた中間の忠助に、

「寛十郎に、葺屋町の町木戸まで来るように伝えてくれ。捕物出入りになるかも知れぬと申し添えるのを忘れるな」

「はいっ！」

忠助は、粉雪が舞いはじめた外へ走り出して行く。

除夜の鐘の初めの一撞《ひとつ》きが、殷々《いんいん》と響き渡ってきた。

——節分の鬼やらいも済んで、煩悩《ぼんのう》を滅する百八つが鳴るというときに、亡者が跳梁《ちょうりょう》する、百鬼夜行《ひゃっきやこう》の大晦日になるかも知れねえな……。

慎吾は、光を閉ざした新月の夜空の闇を仰いで、洟《はなみず》を啜りあげた。

惨めなのは愛猫お珠の顔を見て、記憶をとりもどした太郎兵衛だった。

向柳原から駕籠に揺られて、お珠を抱きしめながら、垂《た》れの外の寒気よりなお寒い凍てつく思いで、生々しい一年前の記憶に晒《さら》されていた。

あの夜、納めの句会に本所に出掛けた太郎兵衛は、辻駕籠に揺られて割下水沿いを、横網町《よこあみちょう》に向かって家路を急いでいた。

いきなり駕籠が止まり、絡んできた酔漢と駕籠屋が喧嘩を始めたようだ。

垂れを上げると、頬被りの男が「堀留町の大和屋さんで」と顔を突き出してきた。

「そうだが……」

と答えた瞬間、男に襟首を摑まれて駕籠から引きずり出された。

喧嘩の駕籠屋たちは横町で取っ組み合いになって怒号をあげていた。

「か、金なら出す……手荒な真似はよしとくれ……」

太郎兵衛は懐から財布を取り出したが、忽《たちま》ち殴る蹴るの暴行を受けた。

男は首を締めにかかって「貰いてえのは、金だけじゃねえ」とありったけの力を込めてくる。

息さえ出来なくなり、ぐったりした時、東のほうから複数の足音が聞こえた。

「ずらかれ！」

と声がして、太郎兵衛は雪道に放り出されて置き去りにされた。

――助かった……。

と、息を吹き返した太郎兵衛が安堵したのも束の間、駕籠屋の提灯で顔を照らされた。

「間違いねえ、堀留町の家主だ。まだ息があるぜ」

次の瞬間、太郎兵衛は再び袋叩きにされた。

身ぐるみ剝がされて、凍てつく割下水に放り込まれた。

気を失いかけながら、太郎兵衛の脳裏を過《よぎ》ったのは、長男と次男の顔だった。

まさか父親の命まで狙うとまでは思っていなかったが、心当たりは他にはない。

――揃いも揃って、親不孝どもめが……。

激しい殴打と寒さで手足はいうことをきかない。溺れかけたとき、不意にお珠の鳴き声を聞いたような気がした。

——お珠……お珠っ……！

太郎兵衛は信じがたい力で、凍《い》てつく岸辺に這いあがっていた。

だが、そこで力尽きた。

——親不孝どもめ……！

呪詛《じゅそ》しながら、太郎兵衛は気を失ってゆく。実の息子が差し向けた暴漢に相次いで襲われたのだと思うと、もう生きていたくもなかった。

その思いが太郎兵衛の記憶を奪った。一年余りの医学館暮らしでも、自分の名前さえ思い出せなかった。僅かに記憶の底から蘇ったのが『お珠』の名だった。

そして、間近にお珠の顔を見て、太郎兵衛の記憶は闇の底から一気に蘇ったのである。

無事なお珠と会えたのは嬉しかった。だが、思い出したくない現実に引き戻されてしまった。太郎兵衛は、さめざめと新たな涙をもよおし、聞こえてくる除夜の鐘が恨めしかった。

——また、鬼息子たちに殺される……。

八

除夜の鐘の鳴り渡るなか、江戸の町は初詣や初日の出を拝みに繰り出す人々で往来はごった返している。この日ばかりは町木戸も閉まることもない。

その人波に逆らって、茸屋町に向かう一団がいた。

一様に茶番の目鬘《めがつら》をつけ、懐には匕首《あいくち》をのんだ駒込の地回りたちだった。

「猫もろとも母娘を殺してしまえ。夜盗の仕業にみせかけるんだ」

先頭をゆく男が声を落として念押しをした。次郎右衛門だった。

あれから母親が差し出した遺言状のお珠の行方を必死になって捜していた次郎右衛門は、茸屋町の親父の妾宅に、その名の牝猫が飼われているのを突き止めた。

「親父め……姑息《こそく》な真似をしやァがる」

袋物屋を与えて遺産の相続から外されていると聞かされていたから、これまで気にも留めていなかったが、まさかの時にと遺産を兄弟に渡さない遺言状を認《したた》めていたのだ。

――猫たァ気づかなかったぜ……。

幼い頃に、猫を飼うの飼わないので両親が揉めていたのを思い出す。大の猫好きだった親父は母親に隠れて妾の家で飼っていたのだ。

『お珠を養育する者に全ての遺産を託す』という文面もそれで納得がゆく。つまるところお留とお駒に相続させるということではないか。

「そんな事ァさせねえ」

次郎右衛門は、大晦日に母娘の袋物屋に押し込み強盗を装って、お珠もろとも殺そうと企てた。

人々は新年を迎えるのに気をとられ、町木戸も開放されている深夜に決行するつもりだった。

一年前の親父のこともある。こんどは自分の目でお珠を殺す現場を確かめぬことには気がすまない。

町木戸を抜けて、中村座の横町を入り、目指す袋物屋の潜り戸を叩いた。なかで女の声がした。若くはない。母親のお留のほうだろう。

「便り屋でございます。ちょっと開けておくんなさい」

次郎右衛門が作り声を出した。

潜り戸が開く。次郎右衛門を先頭に、一団は雪崩《なだれ》をうって押し入った。

「げっ⁉」

次郎右衛門は竦《すく》み立った。

店のなかには出役《しゅつやく》支度の捕方たちが待ち構えていたのである。

向こう鉢巻きに長十手を手にした白樫寛十郎が合図した。

「それっ、召し捕れ！」

乱闘になった。

兄弟のいずれかがお珠を嗅ぎつけ、袋物屋を襲ってくるのではないかという慎吾の直観が的中したのである。

次郎右衛門は、地回りとともに横町の路地に飛び出した。表通りと突き当たりの河岸の双方から御用提灯が押し寄せてくる。

「ちいっ！」

次郎右衛門は、咄嗟《とっさ》に屋根に登った。呼び子が一斉に吹き鳴らされた。

屋根から屋根へと跳び移り、次郎右衛門は堀留町の方角を目指している。その後から人影が一つ、屋根伝いを追っていた。多門慎吾だった。

堀留町の大和屋のお常の寝室に、裏庭から押し入った男がいた。

一丁四方の出入りを禁じられた長男の太左衛門だった。

「おっ母さん、俺だよ。大きな声はたてないでくれ」

頬かむりを取った長男に、お常は我が目を疑った。

「おまえ……」

「お父っつぁんを匿っているんだろ？　どこなんだ。お珠もそこにいるんだろ？　今になって遺言状を出してくるなんざ、それしか考えられない」

「おまえ……母親を脅しにきたのかえ？」

血走った息子の目を見て、お常はゾッと襟を掻き寄せ後退《あとずさ》った。

「おっ母さんが、あんなことをするからだ」

「ばかなことはお止め……お前は何不自由のない暮らしが出来てるじゃないか」

「ふん。百姓相手の退屈な暮らしには、もううんざりだ。体よく追い払ったつもりだろうが、俺は江戸暮らしがしたいんだよ……」

芝居町に近く、幼い頃から着飾った女たちを見て暮らした太左衛門には、庄屋とはいえ田舎暮らしを押しつけられた恨みがあった。

「お珠の居所を教えてくれ。俺が遺言状通り、後見人になって養育する。それで次郎右衛門から手を引かせることができる。お珠はどこなんだ？」

「知らない……ほんとに、あたしゃ知らないんだよ」

「嘘をつけ！　どうしてもお珠を庇うんなら……」

と懐から油紙の袋を取り出した。

「そ、それは……？」

「次郎右衛門が、俺を殺そうとしたときに使った朝鮮朝顔だよ」

「ひいっ」

お常の顔から血の気が引いた。

太左衛門は、一旦渋谷村に戻り、出入りの村医者に朝鮮朝顔を捜させた。ようやく手に入れると、母親がお珠の居所を教えないときには、それを無理やり飲ませて弟の仕業に見せかけるつもりだったのだ。

「御番所には、俺が朝鮮朝顔で殺されかかった一件の届けが出ている。これでおっ母さんまで殺されりゃ、次郎右衛門はもう言い逃れはできないよ。さあ、どうなんだ、おっ母さん……」

太左衛門は、油紙の袋からパラパラと種を撒いて、迫った。

「恐ろしいことを……それじゃ、お父っつぁんを手にかけたのも、お前なんだね？」

「さあ……それは、お父っつぁんに聞いてみるんだね」

太左衛門が、壁際までお常を追い詰めたときだ。

ガタンッと、雨戸が鳴った。

現れた次郎右衛門が、目釁を取った。

「何をしているんだ、兄さん」

「お前こそ、何しにきた」

太左衛門は、咄嗟に火鉢に跳んで、刺してあった火箸《ひばし》を抜き取って身構えた。

「よくも、俺を殺そうとしたな」

「庄屋の跡を継ぎながら、欲をかくからだよ」

次郎右衛門は、懐から匕首を取り出すと、鞘《さや》を払って切りかかってきた。

ヒュンと刃が閃《ひらめ》き、火箸が唸った。

「やめておくれ！　もう、やめておくれ！」

お常は両手で耳を塞いで悲鳴を挙げた。

兄弟は取っ組み合い互いに傷つけ合い、血みどろになって息も絶え絶えになった。お常の目の前に匕首が転がっていた。

悶絶する二人の息子の苦しそうな顔を見て、お常は匕首を握るや二人の胸に刃を突き立てながら泣き喚《わめ》いた。

「産むんじゃなかった、産むんじゃなかった！」

裏庭に慎吾が走りこんで来たのはその時だ。

堀留川で船伝いに逃げる賊を見失ったが、身のこなしからして次郎右衛門だと確信した慎吾は、母親の家に逃れるものと当たりをつけて追ってきたのだ。

雨戸から寝所に飛び込んだとき、二人の息子に覆い被さるようにしてお常が倒れこんでいた。みずから首の頸動脈《けいどうみゃく》を切って果てていた。

血の海の酸鼻《さんび》な光景を目にした慎吾は、さすがに目を背けずにはいられなかった。

ここには初詣の人々の賑わいも聞こえてこない。除夜の梵鐘《ぼんしょう》が無情に鳴り響いてくるばかりである。

九

お寿々は、鈴屋の居間に太郎兵衛とお駒を預かり、下代部屋で早苗から担ぎこまれた経緯を知らされた。

「そうでしたか……太郎兵衛さんも、せっかく記憶が戻ったというのに、何ともお気の毒です」

「多門様がお戻りにならないと、葺屋町の様子は分かりませんけれど……このままでは、太郎兵衛さんも安心して帰るところもございませぬ」

お寿々と早苗は、思いがけなく顔を合わせることになった。

――このお方が、早苗さま……。

お寿々が想像していたよりも清楚で美しい女性だった。

それは早苗にしても同じだった。

――この方が、多門様の……。

想い想われる女人《おひと》なのだと思うと、仲に割って入るのが、ますます躊躇《ためら》われるのである。

やがて除夜の鐘が鳴りやんだ。

百八つの最後の一撞《つ》きは、新年に鳴らされるという。

当時の一日の始まりは明け六ツ（六時）で、それまでは前日の内であるが、元日だけは九つ（午前零時）で日が変わる。

新年を迎えても、お寿々も早苗も祝う気にはなれない。

そこへ、慎吾が寛十郎を伴って戻ってきた。

「お寿々、済んだぞ！」

その声に、お寿々も早苗も下代部屋から弾かれたように迎えに出た。

「お留が、年迎えの支度を整えて太郎兵衛とお駒を待っておる。辛い話も聞かねばならぬが、ともかく爺様を脅かす事情は取り除かれた」

お寿々と早苗は思わず顔を見交わし、胸をなで下ろした。

「早苗殿にも造作《ぞうさ》をかけました。かたじけない」

と慎吾に頭を下げられ、早苗は慌てた。

「いえ、そのような。こちらこそ、何とお礼を申しあげてよいのやら……」

羞《は》じらいに目の下を染めて、

「お駒さんに伝えてまいります。どんなにか安心なされることでしょう」

早苗は一礼して、奥の居間へ急ぎ足で向かった。

「二年越しの厄払いになったが、これから神田明神の高台に出向いて清々《すがすが》しい初日の出を拝もうとしようや」

慎吾が笑顔で誘い、お寿々の顔にもようやく微笑《ほほえ》みが戻った。

お花が大声で宿中に触れて回り、鈴屋もやっと新年の華やぎに沸き返る。

文政《ぶんせい》五年（一八二二）初の一番鶏《いちばんどり》の鶏鳴《けいめい》が聞こえてきた。

# 第二話　初音の雲

## 一

「二人を見込んで、内々の頼みがある」

長沼一鉄《いってつ》は、師範代の多門慎吾と白樫寛十郎を道場の奥座敷によんで、開け放った庭の新雪を一瞥《いちべつ》した。

正月気分も抜けた七草の日で、町中から七草粥《がゆ》のナズナを俎《まないた》で叩く包丁の音が聞こえてくる。この日、慎吾と寛十郎は久方ぶりに師の一鉄と顔を合わせた。

武士の密談は障子や襖《ふすま》を開け放ち、聞き耳を立てて潜む者を寄せつけまいとするのが心得である。

古武士然とした師の一鉄は、余計な挨拶は抜きにして、いきなり用件を切り出した。いつものことで、茶も出さず座布団すら用いない。

書見台の前には欅《けやき》の板が敷かれ、読書の間はこれに座って拳を打ちつけ鍛練を欠かさない。

　これを四十年も続けている。師匠ゆずりの奇傑《きけつ》といわれる所以《ゆえん》である。

　一鉄は『常在戦場』を旨とする真貫流《しんかんりゅう》剣術を中核に『講武実用流《こうぶじつようりゅう》』を興した平山行蔵《ひらやまこうぞう》の高弟で、四谷《よつや》にある平山の『兵軍塾』四天王の一人であった。

　馬喰町・初音の馬場裏の橋本町に真貫流の道場を開いてからも、日常の行住《ぎょうじゅう》坐臥《ざが》は師の教えを生活規範としている。

　冬でも袷《あわせ》一枚、毛脛《けずね》の見える短袴を着用し、一年中足袋《たび》も履かない。火鉢や手焙《てあぶ》りなど無論置かない。寝所の板敷きには布団も敷かず夜具一枚のみという徹底ぶりであった。

　長い平和と安逸に馴れた文化《ぶんか》・文政期。武士も爛熟頽廃《たいはい》した世相に耽溺《たんでき》して華美を飾り、武士の本分など忘れるようになって久しい。

　そんな時世に、「一朝有事の際に、常に戦場に駆けつける心得を忘れるな」という平山の教えは奇異に映り、高級武士たちからは見向きもされなかった。

　しかし一部の識者、幕閣のなかには平山に一目置く者が少なくない。

　平山行蔵は、号を子竜《しりゅう》。幕臣・伊賀同心の家に生まれたが、山田松斎の真貫流の門に剣術を学んで、『忠孝真貫流』の一派をたてた。

真貫流剣術を中心に、大島流槍術、渋川流柔術、長沼流軍学、武衛流砲術をはじめ、馬術、水泳、弓術など武術と名のつくものはすべて奥義を極め、儒学、土木技術にも通じ、このころ蝦夷地《えぞち》に三十年来にわたる帝政ロシアの侵攻から国土を守る『北闕録《ほっけつろく》』を著して、北方の脅威に警鐘を鳴らしていた。

松平定信らに支持され、水戸の藤田東湖《ふじたとうこ》、長州の吉田松陰《よしだしょういん》ら憂国の知識人たちの注目を集めた、文武両道の奇傑であった。

長沼一鉄も、長沼流軍学の流れをくむ伊賀同心の家に生まれ、早くから私淑《ししゅく》して門流の流布《るふ》に努めた。門弟には高級武士はおらず、下級幕臣の子弟や町人が殆どだった。

八丁堀組屋敷で生まれ、南町奉行所定町廻り同心を務めている白樫寛十郎も、御勘定衆の部屋住みに生まれ、今は八丁堀・多門家に養子に入って南町奉行所・町触れ同心を務める多門慎吾も、一鉄が道場を開いたころからの愛弟子である。

二人は師の一鉄から薫陶《くんとう》を受け、今では『一撃必殺』の奥義を極めて目録を授かるまでに練達していた。

その師は去年一年、ほとんど道場にはおらず、流祖の平山に従って諸国の門流の道場を視察していた。

たまに江戸に戻っても、またすぐに旅に出るという慌ただしさで、道場の門弟たちの指南は、もっぱら師範代の二人に任されていたのである。

それだけに、久々に会った師から密事を告げられて二人は緊張していた。

「同門の秘中の秘に関わることだ。私事であれば、二人ともお役目を外れて行動して貰わねばならぬが……」

一鉄は二人の目の底を覗くように前置きした。

慎吾も寛十郎も無言で頷く。

「江戸で一触即発《いっしょくそくはつ》の大事件が持ち上がろうとしている。……それを、未然に防いでもらいたいのだ」

師に手招きされて、二人は間近に膝行《しっこう》した。

「相馬大作《そうまだいさく》の一件は、お前たちもよく存じておろうな」

二人は緊張の面持ちで頷いた。

大作は昨年十月、筆頭老中・水野《みずの》出羽守《でわのかみ》忠成《ただあきら》の御下知者《おげちもの》（重要指名手配者）として、南北両奉行所の出動で召し捕った南部《なんぶ》藩領の浪人であった。

相馬大作は、昨年四月、参勤交代で弘前《ひろさき》の所領に戻る津軽侯《つがるこう》を、秋田藩領から国境にさしかかる矢立峠《やたてとうげ》で狙撃しようとしたが、内部の裏切者の密告で未遂に終わり、江戸に潜伏中、その年十月、南北両奉行所の出動で捕縛されていた。

今は小伝馬町《こでんまちょう》の牢屋敷に、配下とともに留置されている。

この出役に慎吾と寛十郎は加わっていなかったが、まだ三ヵ月にもならない、記憶に新しい事件であった。

大作が狙撃に失敗したあと、一鉄は師の平山と南部領福岡に赴《おもむ》いた。

そこで道場を開いていた相馬大作は平山行蔵の愛弟子だったのである。

門下生たちは流祖の来訪に驚いて礼を尽くしたが、大作の行方には固く口を閉ざした。諸国の同門に身を寄せたのかも知れない。

大名狙撃未遂という前代未聞の暴挙だが、付和雷同《ふわらいどう》する門下生もいたので、平山と長沼はそれを抑えるために諸国を巡って説得に努めていたのだという。そんな折りに十月の捕縛騒ぎが持ち上がった。

一旦、江戸に戻った平山主従は、大作の無念を晴らさんと、諸国の門流が江戸に集結して報復の機会を窺う動きを察知した。

「わしは平山先生と諸国の門流道場を巡り、暴挙を抑えるために説得して廻ったが、まだ一部に納得のゆかぬものたちがおる」

一鉄は沈痛な面持ちで、眉根を寄せた。

「ことが起これば、我が門流の浮沈にかかわる大事となる。わしは平山先生と、今一度、下斗米《しもとまい》まで赴くつもりだ。急進派は大作の兵聖閣《へいせいかく》の門弟だからな。首謀者の名を問いたださねばならぬが……その間、江戸で決起されては取り返しがつかぬ。二人なれば職掌がら潜伏先を突き止めるのも難しくはなかろう。ただし、町奉行所の出動は避けねばならぬ。その前に、お前たちで、なんとか思い止まるよう説得してくれ。役務を外れることになろうが……」

「かしこまりました」

慎吾が師の意中を忖度《そんたく》して、膝前に両手をついた。

「多門ともども、身命《しんめい》を賭して、同門の暴挙をくい止めます」

寛十郎も、決意を目に込めて師に誓った。


二人は長沼道場を出た。

責任の重さに、しばらく会話する余裕すらない。二人の足は同じ橋本町の願人坊主の長屋に向かっていた。

事が事だけに、迂闊《うかつ》に岡っ引きを使えない。往来芸で町家に物貰いをして歩く彼らを頼りにするほかなかった。

同門の先輩・相馬大作は、南部藩領・二戸《にのへ》福岡の金田一郷《きんだいちごう》・下斗米村の郷士だった。

本名を下斗米秀乃進《ひでのしん》といい、生家は平将門《たいらのまさかど》を遠祖とする相馬胤成《たねなり》の流れである。代々の当主は百石の地方給人（郷士）だが、油、紙、蠟《ろう》、漆《うるし》の問屋を生業《なりわい》とする土地の豪商で、江戸や大坂の商人と手広く商いしていた。

秀之進は寛政《かんせい》元年（一七八九）に当主の妾腹の次男に生まれたが、幼い頃から文武に秀《ひい》で、十八歳のとき江戸に出て、夏目信平《なつめしんぺい》の門に入った。

夏目は函館奉行になった男で、蝦夷地の動静にも明るい。当時、蝦夷地を脅かす帝政ロシアの南下に対抗するため、弘前藩と南部藩が三十六年の間に五度の出兵を公儀から要請され、津軽海峡を渡って北方の防備を任されていた事情がある。

郷士とはいえ憂国の志に燃えていた秀之進は、平山行蔵の海防論に共鳴し、夏目の紹介で平山の兵軍塾に入門。講武実用流を学んで、その中核の忠孝真貫流の剣術でめきめき頭角を現し、若年にして四天王の一人となった。

いわば長沼一鉄の弟子で、慎吾や寛十郎にとっては眩《まぶ》しいほどの同門の剣客であった。

相馬大作と称した秀之進は、質実剛健な豪傑ぶりで江戸の庶民にも知られる有名人になっていた。

門流を広めるために同門の同志と浜松に道場を開くのに奔走《ほんそう》し、師の平山は無論、兄弟子の長沼にとっても頼もしい門弟であった。

大作は郷里に帰り、真貫流道場・兵聖閣を開いて、沈滞していた藩の士気を高めるために、藩士や町人・農民を集めて有事に備える練兵に心血を注いでいた。

それから五年、大作の『大儀』の志を揺さぶる事件が起きた。

数度の蝦夷地出兵の功労に報いるため、公儀から『高直し』の恩典があり、南部藩は高十万石から二十万石へ、弘前津軽家は七万石から十万石へ、官位も南部家は四位、津軽家は四位下に昇進した。

これに憤激したのが南部家三十七代当主利敬《としたか》で、「もともと津軽家は南部家から領土を掠《かす》め取った許しがたい家である。このままでは津軽に家格を越されかねない！」

幕藩体制になって二百年近く、大名家の面目は家格と叙勲《じょくん》が唯一の関心事である。南部家と津軽家の確執は、豊臣秀吉《とよとみひでよし》の天下統一直前に起こった二戸城主・九戸政実《くのへまさざね》の乱のときに逆上《さかのぼ》る。

天下軍十万を迎え、五千の兵で南部馬の騎馬軍団を駆使して対抗した九戸勢は、難攻不落の二戸城に拠《よ》って不敗を誇っていた。

九戸政実は主家・南部家を凌《しの》ぐ勢力を誇り、家督争いが泥沼化するなかで、独立国を目指して近隣諸豪族を糾合。秀吉に真っ向勝負を挑んだ。

このどさくさに、津軽の大浦為信《おおうらためのぶ》が南部領から独立を企て、小田原攻めの秀吉の本陣に駆け込み忠誠を誓って所領を安堵されたという経緯がある。

九戸政実の乱は謀略をもって鎮圧された後、徳川の幕藩体制になってから津軽家は弘前藩主となり、為信が安堵された四万七千石から七万石を領するまでにのし上がっていた。

ために南部家の津軽家を憎む宿怨には根深いものがある。

南部利敬は、十二年に及ぶ鬱病で、ついに三十九歳の若さで憤死同然に世を去った。文政三年（一八二〇）六月、今際《いまわ》のきわに、「わが家中には、一人の大石《おおいし》内蔵助《くらのすけ》もおらぬのか！」

と言い残した最期の模様が、江戸でも国元にも広がった。大作は、これを翌年函館へ奉行として赴く途次の夏目から聞き及んで義憤に燃えたという。

亡き藩主利敬の杞憂《きゆう》は現実になった。十五歳で後を継いだ弟・吉次郎は無位無官で、江戸城中の席次も前年十二月に侍従に昇格した津軽家の風下に立たされたのである。

忠義の美徳が風化しはじめたこの時代、元禄《げんろく》以来の義挙に燃えた大作の心境は、当時の本人が置かれた状況になってみなければ、到底理解できない。

「津軽侯に隠居を勧告する！」

大作は決起した。そして数人の門弟と徒党を組んで矢立峠に襲撃をかけたのである。この一件は弘前・南部両藩はもとより江戸でも大きな話題になった。

庶民までが『元禄赤穂《あこう》事件』以来の義挙と騒ぎだした。

江戸に潜伏した大作たちの捕縛を命じたのが、田沼《たぬま》以来の賄賂《わいろ》政治を行う老中・水野忠成の命令ということもあって、庶民の反感を招いたこともある。

しかも密告したのが、大作が信頼をよせて大鉄砲を作らせた子飼いの刀鍛冶《かたなかじ》・嘉兵衛《かへえ》という仙台領の男で、この功績により弘前藩士に取り立てられていた。

嘉兵衛の密告を受けた津軽家の用人・笠原八郎兵衛《かさはらはちろべえ》は、老中・水野出羽守の家老・土方縫殿助《ひじかたぬいのすけ》らに手を回し、老中の御下知者として、南北奉行所を動かしたのである。

土方は幕閣に多大な賄賂攻勢をかけて、忠成を老中首座に就けたほどの金権政治の元凶でもあったから、庶民感情をいやでも逆撫《さかな》でした。

江戸は、おしなべて『大作贔屓《びいき》』になり、嘉兵衛と笠原は敵役《かたきやく》にされてしまった。

昨年十月に捕縛された大作と門弟が、いまだに小伝馬町の牢屋敷に留置されたまま処刑されていないのは、余りに世論が大作の『義挙』に同情的であり、水戸の藤田東湖など一部の識者に称賛の声さえあがって、元禄赤穂事件の再現とも思われる風潮になっていたからである。

慎吾と寛十郎は、役務と同門の暴挙との板挟みに追い込まれた。

大作の報復を果たそうとする同門が江戸で騒擾《そうじょう》を起こせば、町同心としては検挙捕縛しなければならない。

かといって同門の『英雄』に続く者たちは、二人の『身内』も同然なのである。

まかり間違えば、流祖・平山行蔵にも咎《とが》が及ぶのは避けられない。

そうなれば、真貫流は根こそぎ壊滅に追い込まれる惧《おそ》れがあった。

慎吾も寛十郎も同じことを考えていたが、願人坊主長屋の元締・朴斎の家の前まで、ついに一言も発しなかった。

## 二

ストトン、ストトンと俎を叩く音が、公事宿が軒を連ねる馬喰町一帯でも上がっている。

鈴屋の台所でも、五節句の一つ『七草』を祝う恒例のナズナ打ちが囃《はや》し唄にのせて行われていた。

この儀式めいた江戸の風習は、頭に置き手拭いした振袖の乙女がやることになっていて、今年は潮来から公事で逗留《とうりゅう》しているお花が、女主人のお寿々に教わり、前日買い求めたナズナを棒で打ち、包丁で刻んでいた。

今年の恵方《えほう》に向かって片膝を立て、

「七草ナズナ唐土の鳥が、日本の国へ渡らぬ先に」

と繰り返し唱えながら、刻んだナズナを小松菜と一緒に七草粥にして無病息災を祈るのである。

お寿々は、女中頭のお梶《かじ》や、下女のお亀《かめ》と唱和しながら、七草粥を宿に逗留する客たちに振る舞う準備に忙しかった。

その台所に、裏庭から慎吾と寛十郎が顔を出した。

慎吾は少年時代から、稽古帰りに裏庭から来る癖が抜けないので、別段珍しいことではないのだが、今日の慎吾にはいつもの爽やかな微笑はなく、寛十郎の顔も心なし蒼ざめている。

「お二人とも、どうしたのです？　めでたい節句なのに、まるで死に神にとり憑《つ》かれたようなお顔をして……」

慎吾は、冗談に応じる余裕もないようで、

「下代部屋で、紙と筆を貸してもらいたい」

と、台所からあがりこんだ。

「……」

お寿々も不安になったが、理由《わけ》を聞くような雰囲気ではなかった。

慎吾が振り向いて、

「せっかくだから、七草粥をかっこんでから番所（奉行所）へ行く」

「はい……」

思い詰めた二人は、そのまま中へ上がった。

慎吾と寛十郎は、願人坊主長屋の朴斎に、相馬大作の門下生たちの潜伏先の聞き込みを頼んでから、奉行へ辞表を提出する覚悟を決めた。

「俺には、とうてい二股膏薬《ふたまたこうやく》のような器用な真似はできない」

慎吾が苦渋に満ちた顔で、寛十郎に重い口をようやく開いたとき、

「俺も、同じ思いでいた……」

と寛十郎も応じた。

二人にとっては苦渋の決断だった。

寛十郎には両親と妻がいる。慎吾も養子に入ったとはいえ、多門家には義母がいる。表向き一代抱えの町同心だが、実態は世襲に等しい。

うまく立ち回れば、わざわざ辞表など提出しなくともよいのだが、幼少の頃から長沼一鉄の門に学んだ二人にとっては、そうした狡《ずる》さを生理的に嫌う気概が養われていた。

師の一鉄から秘事を託されてから、二人は二者択一を迫られる瀬戸際になったときは、役目を捨てて同門の為に尽力する誓いを立てた。

「お奉行を裏切るわけにはいかない」

それが苦悩の末に辿《たど》り着いた二人の結論だった。

家にとっては不孝になる。たかが三十俵二人扶持《ぶち》の薄給だが、それでも生活は

保証されている。それをなげうってまでの二人の覚悟は並々ならぬ決断を必要とした。

こうして二人は鈴屋の下代部屋で、辞表をしたためると、重い足取りで数寄屋橋御門内の南町奉行所に向かったのである。

胸騒ぎを覚えたお寿々は、暖簾《のれん》の外まで見送りに立ったが、その背に声を掛けるのも躊躇《ためら》われるほどであった。

二人の後ろ姿が見えなくなるまで立ちすくんでいたお寿々に、声を掛けてきた者がいる。

「あの、もうし……しばらく泊めていただけませぬか？」

若い女の声に振り返ると、男装の女剣士が旅姿の笠を取り、辞を低くして目礼した。

「公事のご相談でしょうか？」

「ええ。在所から願いの筋の詳報を携《たずさ》えて、まもなく江戸入りをいたします。わたくしは、江戸宿の確保に先行して参りましたもので」

女剣士は、歳のころなら十八、九。体つきはいかにも華奢《きやしゃ》にみえるが、その目には凜《りん》とした意思が宿り、汚れを知らぬ清々《すがすが》しい澄んだ瞳が細面の顔だちを引き締めていた。江戸では珍しい彫りの深い美貌である。

剣士の出で立ちは伊達《だて》ではない。錬磨を積んだ男勝りの気構えが全身から放たれている。

「公事の御用とあれば、お断りする宿ではございませぬが……」

お寿々は、公事宿の女将《おかみ》の顔になって、慎重に応じた。

「陸奥《むつ》の国の宮司《ぐうじ》の娘でございます。女だてらに郷里の町道場で剣術を学びましたので、かような出で立ちをしておりますが、怪しい者ではございませぬ。道中手形も持参しています」

「ここで立ち話もなんでございます。さ、どうぞお入り下さいまし」

お寿々は案内して暖簾を潜り、美貌の女剣士を中に招き入れた。

下代部屋に通されて、道中手形を出した女剣士は、

「呑香稲荷社《どんこういなりしや》の宮司の娘で、小保内千草《おぼないちぐさ》と申します。裏山の作物、楮《こうぞ》や漆を、仲買人と結託して横流ししていた小作の数名が、発覚寸前に江戸へ逃れたとの知らせを受け、探索のため江戸に出て参りました。場合によっては御寺社奉行所か、御勘定奉行所へ訴える手続きを取らねばなりませぬ。わたくしは父の代理で江戸に先行するよう申しつけられたのでございます」

と、淀みなくお寿々に明かした。

下代部屋で番頭の吉兵衛はそれを書き留め、ともかくも二階の一室に逗留させることにして、お寿々は女中頭のお梶に案内させた。

「いや、それにしても……美しい女丈夫《じょじょうふ》ですな」

吉兵衛も男である。陸奥《みちのく》の女剣士の美貌に、すっかり心を奪われて思わず本音を漏らし、お寿々に窘《たしな》められる始末だった。

三

「これは、わしが暫く預かることにするぞ」

南町奉行、筒井伊賀守政憲《つついいがのかみまさのり》は、奥書院で慎吾と寛十郎から辞表を受け取ると、封も切らずに袂《たもと》に入れた。

「お奉行……」

慎吾は何か言いかけたが、奉行がいつもの穏やかな顔で意味あり気に微笑さえうかべているので、つい言い淀んでしまった。

「いつも通りに役務についているがよかろう」

「しかし……」

寛十郎は心持ち膝を乗り出し、思い詰めた目で奉行の顔を仰いだ。

「軽々に辞表など出さぬがよい。お前たちの志は、わしが承知しておく。あたら有為の人材に去られては、わしも不自由することになるでのう」

言って、筒井奉行はカラカラと笑った。

——お奉行は、すべてご存じなのではないか……。

慎吾はそんな気がした。

「孝たらんとすれば忠ならず。忠たらんとすれば孝ならず、とは言うが、時と場合によりけりだ。うまく立ち回れ。お前たちが辞表まで出すとはよくよくの事であろうが……その意思を表明してくれただけで、わしには十分だ」

慎吾も寛十郎も、思わず両手をついて頭を垂れた。

「瀬戸際まで、わしは知らぬことにする」

その言葉に、二人はハッと顔をあげた。

「多門……」

「は！」

「そなたの本家は、お目付役であったな」

「ははっ。桜田御用屋敷にお屋敷を拝領しております る」

「ふむ。なれば、お庭番の遠国御用《おんごくごよう》にもお詳しかろう」

「……?」

「年始の挨拶では、何も言うておらなかったか」

「……はい」

「今一度、ご挨拶に伺ってみてはどうか」

「……」

「お庭番が動いていると、厄介なことになるぞ」

慎吾は、思わず寛十郎と顔を見合わせた。

「多門の御本家なれば、そなたの心中を察してくれるやもしれぬ。それとのう訊ねてみることだ」

「ははっ」

奉行は、長嘆息してから、

「わしはの、小伝馬町牢屋敷の咎人の処断で、御老中にお伺書《うかがいしょ》を提出せよと催促をうけておる」

「……」

「実は、どうしたものか、苦慮しておるのだ」

奉行が、こんなことを漏らすのは初めてのことであった。

「ははは。つい愚痴になったな。今日のところは、この辺でよかろう」

筒井奉行は、そういって書院を出ていった。

――何の謎掛けだろうか……？


二人は同心詰所に引き上げた。

「お奉行は封を切らずとも、われらの立場をご存じなのだ」

慎吾が呟く。辞表には『一身上の都合により』としか認《したた》めてはない。その理由を訊ねられたら、何と答えていいものか悩んでいたのである。

まさか同門の秘密を明かすわけにもいかない。

ただひたすら、『お役儀に適わぬ身となりしに』と仮病を使うしかなかった。

そんな言い訳が奉行に通用するとは思えなかったが、ほかにいい思案はうかんでこなかったのだ。それはともかく杞憂に終わったが……。

「慎吾の御本家を訪ねて、お庭番の動きをそれとなく訊いてみよとは……門流の決起の動きをご存じなのではないか？」

「隠密御用とは……長沼先生の諸国行脚《あんぎゃ》の様子を探っていたということか」

「公儀の隠密が動きだしていると、いよいよ俺たちも尻に火がついたことになるぞ」

「十月の相馬先生捕縛の出動時には、俺たちは外されていた……」

「俺たちが同門とあって、年番与力の深謀遠慮で外されたと思っていたが……お奉行のご配慮だったのかもしれぬ……同門に縄を打たせるのは忍びないと？」

「お奉行が漏らした、御老中へのお伺書とは……牢屋敷の相馬先生たちの処断のことではないのか？」

「反乱罪なら、即、磔獄門《はりつけごくもん》だ。これまで未決のまま牢入りになっているのは、お奉行も世人挙げての『大作贔屓』に、苦慮なされているからではないのか？」

「それで、お奉行の謎掛けは符合する……」

「お庭番に先んじられると、俺たちは先生に合わせる顔もない」

「よし。桜田御用屋敷を訪ねてくる」

慎吾は立ち上がった。

寛十郎は、願人坊主と探索に回ることにして、二人は足早に奉行所の表門を出ていった。

外桜田の桜田御用屋敷には、八代将軍吉宗《よしむね》が将軍就任時に紀州から連れてきたお庭番たちの組屋敷がある。当初十八家であったが、今は分家も含めて二十二家あり、明楽《あけら》、川島、村垣《むらがき》、倉地といった名だたる名家が家族とともに拝借屋敷に住んでいて、ほかは日比谷《ひびや》御門内その外の組屋敷に分散していた。

もともと御目見《おめみえ》以下の三十俵二人扶持で、慎吾たち町同心と変わらぬ身分だったが、表の職務とは別に将軍直属の隠密御用を拝命する家筋なので、いつしか御目見の旗本格になり、今では五百石の家も少なくない。

出世頭の村垣家の当主・定行《さだゆき》は遠国奉行を歴任して、勝手方勘定奉行にまで昇りつめていた。

総坪数一万一千九百七十四坪の敷地内には、大奥の高級女中が療養する御殿と、懐妊した御中臈《おちゅうろう》が出産するまでの御殿も建ち並んでいる。

わかっているだけでも、四十人の側室に五十五人の子を産ませたという歴代将軍のなかでも絶倫の精力を誇る現将軍・家斉《いえなり》であるから、桜田御殿は次から次へと空くこともなかったが、最近は愛妾・お美代《みよ》の方が寵愛を一身に集めて、さすがの将軍も遠慮があるのか明き御殿も目立つようになった。

それも勿体《もったい》ないというので、目付の一人が常駐する拝領屋敷に充《あ》てられた。

慎吾の本家筋に当たる多門家は、今そこに住んでいる。高千石の目付の拝領屋敷が御殿の一つを占めるに何ら遜色《そんしょく》はない。

本丸十人、西の丸に六人いる目付は、幕府の職制のなかでは最も多忙を極める職務で、しかも仕事は多岐にわたった。城内に詰所があるにはあるが、式日ともなると城内を駆けずりまわる有り様で、定められた詰席もなかった。

常人には到底務まらないといわれたほどの激務である。

その目付の拝領屋敷が桜田御用屋敷門内にあるのは、それなりの理由があった。

お庭番は将軍直属の隠密で、江戸城中奥の御駕籠《おかご》台下に詰め直々に将軍から遠国御用を拝命するのであるが、時に、老中や目付から隠密御用を受けることもあった。

将軍の隠密御用ともなれば、半年や一年、ときには数年出たまま帰らないこともある。復命するまでは将軍も忘れてしまう。将軍もそれなりに忙しい。

その間、諸国に散ったお庭番たちの動静を、組頭に訊ね把握しておくのも目付の役目の一つであった。

目付といえば幕臣の監視や取り締まりと思われているが、とてもそんな楽なものではなかった。ときには大目付に代わって諸国の動静にも目を配る。

そんなわけで、夜分や非番にかかわらず復命するお庭番からいち早く知らせを得て、すぐにも西の丸下の老中屋敷や城内中奥に飛んで、御用取次から将軍に伝達してもらうには至便な距離にあるからだった。

なぜか多門家が桜田屋敷に居座り続けているのは、当代が将軍の信任厚いこともあるが、元禄赤穂事件で浅野内匠頭《あさのたくみのかみ》の即日切腹、しかも庭先という不当な処断に抗議して、江戸庶民の絶大な称賛を博し、武士の情けを知る幕閣の一部からも支持された誉《ほま》れの家門であるからであった。

将軍は大名を統制するが、庶民の支持率をひどく気にした。

「民は国の基《もとい》」であり、「武士は民の範たれ」だったからである。

そのせいか内匠頭切腹のとき、多門は副使の目付であったにもかかわらず、反《はん》駁《ばく》した正使の目付は後に解任され、小普請に落とされたのに比べ、多門には何らお咎めなく、目付の職を全うして代々その職に昇っている。

将軍綱吉《つなよし》が、庶民の余りの浅野贔屓に動かされた人事であるともいわれているが、さすがに柳沢吉保《やなぎさわよしやす》に睨《にら》まれて目付から上には昇進できなかった。

時の多門家の当主は伝八郎《でんぱちろう》。いらい本家の当主は誉れある多門伝八郎を名乗っている。

慎吾は、いつもなら敷居の高い本家を、祈るような期待を胸に秘めて訪れた。

四

玄関で用人に来意を告げると、幸い当主は在宅であるという。

慎吾が内庭の廊下に面した座敷に通されると、伝八郎は昼食の最中だった。

「これは……お食事中とは存じませず。不調法をいたしました」

「よい。わしが構わぬから通せと申したのだ。御城内では慌ただし過ぎて、おちおち弁当も遣っておられぬ。昼飯時にはこうして抜け出し一息ついておるのだ」

何かよいことでもあったのか、今日の御本家は機嫌がいい。

「七草粥だ。お前もどうか」

「いえ。私はすませて参りました」

と嘘をついた。貴重な時間である。昼飯など食べている余裕はなかった。

「そうか。わしはまた城中に戻らねばならぬが……どうした？　多貴殿から押し切られたか？」

御本家は、慎吾の後添いの縁談のことで相談にきたものと思っているらしい。

「いえ。その儀ではございませぬ」

「ほう」

伝八郎は意外な顔をした。当年四十五歳。筒井奉行と同い歳で、いかにも脂の乗りきった働き壮《ざか》り、顔の色つやもいい。

「実は……気にかかることがございまして。職掌がら、御本家様なれば何かお耳にしておられるのではないかと思いまして……」

「ふむ……」

伝八郎は、粥の茶碗を膳に置いて、慎吾の顔を覗き込むようにした。

師の密命のことは伏せたが、同門のことが気にかかるということで、それとなくお庭番の動きを聞き出せればと微かな期待をこめた。

「他ならぬ分家のお前だ。内々に教えてやらぬでもないが……」

伝八郎は、すぐに慎吾の心中を見抜いたようだった。

「構えて他言は無用に致せよ」

「はっ……」

「縁側で話そう」

伝八郎は立ち上がって、慎吾を誘い、周囲を見回してから内庭に面した縁側に座った。慎吾にも横に並んで腰掛けるように促す。

「相馬大作は、そなたの同門であったな」

「はい。わが師長沼一鉄の弟弟子です。四谷の兵軍塾ではともに四天王でした」

「当年三十三というではないか。慎吾とさして変わらぬ」

「はい」

「よほど傑出した男とみえるな。士道も地に堕《お》ちた昨今、文武両道に秀で行動力もある。今どき得難い人材ではある。惜しいことをしたな……」

「……」

慎吾には答えられなかった。だが意外にも、御本家は大作に好意的だった。

「矢立峠の津軽侯襲撃未遂ののち、何人かのお庭番が、この御用屋敷から遠国御用に出たのはたしかだ」

「……」

「最初は、御老中・水野様の下知《げち》であろう。懐刀の土方が、津軽家から大枚の賂《まいない》を貰っているからな。二度目は、上様よりの直々の御下命だろう。両家反目して私戦に及ぶようなことになれば、機を捉えて、ご親裁に上らせ、改易とまではゆかずとも領地半減し、幕領に収公することもお考えになられているやもしれぬ」

「……」

家斉は、世間で思われているような、大奥で女の尻を追いかけ回しているだけの暗愚な将軍ではなかった。

正室の実家・島津家をはじめ、密貿易に関わる諸藩の動静を探らせていた。

北方の防衛にも無関心ではなかった。

直属の隠密御用を務めるお庭番の家筋から、村垣を起用し、外国奉行に抜擢して、勘定奉行にまで引き上げたのも将軍の直命といわれる。

御本家は、相馬大作の一件が単なる同門の報復騒ぎに止まらず、将軍の大名統制にまで発展する動きを孕《はら》んでいることを、慎吾に気づかせようとしたのだ。

「その後で、わしからも二名ほど二戸・福岡に徒目付《かちめつけ》を出した。これは南部藩の内情というより、大作の弟子たちの郷士や農民の動静を探る必要があったからだ」

「では……長沼先生たちの動きも?」

「うむ。平山たちは門流の暴発を抑えるために動いていたようだが、二人とも伊賀同心の出だ。いずれの筋からか密命が下ったとも考えられる。門下の説得だけではあるまいと、わしは思うておる。もっとも目的は相反するものではないが」

「……それは、存じませんでした」

「無理もない。お前は、大作の意思を継いで、またぞろ津軽侯の命を狙う同門が出るのを案じておったのであろうが」

「はい……」

「わしはな。陰で大久保加賀守《おおくぼかがのかみ》様が動いたのでないかと睨んでおる」

「御老中の小田原藩主様でございますか?」

「うむ。世間は、水野様や御側用人たちが、元の田沼時代に戻したと揶揄《やゆ》しておるようだが、公儀の要人がすべて賄賂に塗《まみ》れているわけではない」

「……」

「諸外国の脅威を除かんと、真剣に国防の備えを急務と考えておられる方々も少なくない。田沼の失脚前夜、松平定信様ら譜代の青年大名が国の将来を憂い、勉強会を持ったが、そのなかに大久保忠真《ただざね》侯もおられた。それゆえ南部・弘前両藩の北方警備の士気は気になるところだ。大作があのような巷《ちまた》で申すところの『義挙』に出なければ、大作が育て練兵していた二戸・福岡の兵聖閣に期待するところが少なくなかったのではあるまいか……」

「大久保侯が探らせたのは、兵聖閣の門弟を本来の目的に戻そうという意図がおありになったと……？」

「大久保様は、平山行蔵の海防論を高く評価なされていた。大作があのような事件を起こさなければ、真貫流……いや講武実用流は憂国の志士を育成する母体になると考えていたとしても不思議はない」

慎吾の想像を越えた動きが、三すくみ四すくみで潜行していたようであった。

「上様は、好悪の激しいお方ではあるが、水野様や御側用人たちとは別に、大久保様らも上手《うま》く用いておる。筒井奉行もその一人ではないか。あのご仁も外国通だぞ。西の丸目付から本丸目付、長崎奉行へと栄進し通常二年の任期を四年も勤められた。そして昨年、町奉行に呼び戻されたのは、上様の侍講まで務めた俊才だったからだけではない。後任の長崎奉行、函館奉行の夏目も筒井殿の右腕だ。大久保侯とも親しい」

大久保忠真が文政元年の幕閣人事で老中に抜擢された前の年、筒井政憲は本丸目付から長崎奉行へ赴任している。とすれば長崎係り勘定奉行の村垣淡路守《あわじのかみ》定行とも、密接な関係にあるのは明らかだった。

伝八郎は、幕閣に硬軟二つの人脈があるのを教えているのだ。

「どうだ。少しは見えてきたか」

それとなく、筒井奉行は心ならずも水野老中の指令で北町奉行所と大作捕縛に動かねばならなかったが、平山門下の擁護派なのだと仄《ほの》めかしている。

「ご炯眼《けいがん》……感服つかまつりました」

「はっはっはっ。分家に褒《ほ》められても出世の肥やしにもならぬて」

伝八郎は磊落《らいらく》に笑って、

「筒井奉行も頭を痛めておろう。この時節に大作ほどの男を処断せねばならぬのだからな。平山の門流の前途を思うと、これ以上の追随者を出したくはないはずだ。そこへもってきて世間の大作贔屓、さぞかし心中は、大作に武士らしい切腹を賜《たまわ》るお伺書を老中に差し出したいであろうが、大名暗殺未遂とあっては、それもならぬ。せいぜい処刑を延ばして、門流を刺激せぬよう暴発を抑えることしかできまい」

御本家は、筒井奉行の苦衷《くちゅう》まで忖度していた。

「世は挙げて赤穂事件の義士の再来と騒ぐが、わしの出番はない。御先祖伝八郎様は、何とお思いであろうかの」

当代の伝八郎は、そう呟いて苦笑した。

「慎吾」

「は！」

「せめて、そなたが多門の分家として、武士の大義に殉《じゅん》じた男の名を汚さぬよう、同門の暴発を抑えてやれ。そうでなくては、大作も死んでも死に切れぬだろう」

「……御本家様」

「親戚の誼《よしみ》で、わしが得た動きは、そっと漏らして遣わす」

「御本家様！」

「お庭番ごときに後《おく》れは取るな。さもないと、お前は同門に縄を打たねばならなくなるぞ」

慎吾は廊下に座りなおして、深々と頭を下げた。

「ご配慮、まことに、かたじけのうございまする」

五

白樫寛十郎は、本所三笠町の自身番に待機していた。

同門が大作の復讐に起ち上がるとすれば、津軽家の上屋敷、中屋敷、下屋敷の出入りを見張っているはずだった。

弘前藩邸は本所に散在していた。割下水沿いの西寄りに上屋敷、大横川沿いに中屋敷、亀戸《かめいど》天神北隣に下屋敷があり、竪川《たてかわ》沿いの三ツ目の橋の南には分家の津軽式部少輔《しきぶのしょう》の上屋敷があった。割下水の東端、大横川に近い三笠町は、それらの中央に位置する。情報拠点としては最適の場所であった。

町同心は武家屋敷の中へ入ることはできないが、物売りが台所口から下男下女と接触して、なんらかの情報を集めるのは可能だ。

それに武家屋敷の中間部屋には、お定《き》まりの賭場の開帳が付き物だった。遊び人に扮して敷地内に出入りし、口の軽そうな中間を誘い出して金を握らせれば、内部の様子も探りだせないこともない。

願人坊主たちを手分けして、津軽屋敷に送り込み、寛十郎はひたすら報告を待つしかなかった。

——報復するとすれば、裏切って密告した刀鍛冶の嘉兵衛と、その密告を受けて老中・水野忠成の家老・土方に賄賂攻勢をかけて、南北奉行所を動かした用人の笠原八郎兵衛に向けられているはずだった。

嘉兵衛も、今は弘前藩士に取り立てられている。

二人が江戸屋敷に来ていることを確かめるのが先決だった。当然、同門もそれを探っているだろうからだ。まさに赤穂浪士の吉良《きら》邸内偵に似てきた。

念のため、愛宕下《あたごした》に散在する南部藩邸にも張りつかせた。

大作の兵聖閣に真貫流の稽古に通っていたのは、郷士や農民たちばかりか南部家の下級藩士もいると聞いていたからだ。

報復行動に出るときは、彼らも加わることは大いに考えられた。

思えば物騒な町だった。

どこで両家の藩士が行き合わぬとも限らない。軽挙妄動《けいきよもうどう》は御家の浮沈に関わる大事となるので、重役からきつく戒《いまし》められているに違いないが、生身であれば血気に逸《はや》る若侍が、いつ抜き合わせるか分かったものではなかった。

果たして、南部藩邸の内情を探りに行った針売りに扮した願人坊主から第一報があった。

「旦那。南部屋敷じゃ、一年前には考えられなかった士気が揚がっているそうで。早朝から藩士総出で庭に出て、素振りや居合に汗を流しているそうです。賄《まかな》いの婆さんが、びっくりしておりやしたぜ」

――相馬先生の『義挙』に発奮したに違いない……。

と寛十郎は思った。

咎人とは言え、呼び捨てにはできない寛十郎だった。

先君の、「我が家中には一人の大石もおらぬのか！」の噴死に応えて立ちあがったのが、藩士ではなく郷士であったことに家中は衝撃を受けた。

おまけに相馬大作は、今や江戸中の『英雄』である。奮起せざるを得なかった。

こうなれば、蝦夷地防衛で目ざましい働きを世間に知らしめ、宿怨の津軽藩士の追随を許さぬ強兵を練りあげて、先君の悲願を達成するのだと燃えているのだという。

朝稽古には真貫流方式が採り入れられ、講義には大作の師・平山行蔵の海防論が教科書になっていた。皮肉なことに大作の『暴挙』が南部藩士の士風を呼び覚ましたのであった。

寛十郎は胸に熱くこみあげてくる思いを禁じえなかった。

感傷に浸って、目尻を濡らしかけていたとき、自身番の前を一人の美剣士が通り過ぎた。前髪を置かず、ひっつめ髪を後ろで束ねて結い、房なす黒髪は背中にかかっている。小袖に野袴の出で立ちだった。

寛十郎は、思わず息を呑んで立ち上がっていた。

彼には男色の趣味はない。だが、その若者だけは不思議に胸をときめかせる清《せい》冽《れつ》な美しさがあった。

気がついたときには、自身番の外に立っていた。

美剣士は気配に気づいて足を止め、後ろを振り返った。

彫りの深い、黒瞳《くろめ》がちの目、高貴な鼻筋、かたちのいい唇。

——女か……。

寛十郎は、我が目を疑った。

若衆や色子の類《たぐい》ではなかった。化粧気もなく唇には朱もさしていない。

その視線には近寄り難い凛烈な美しさがあった。

美剣士は、一瞬振り返っただけだったが、寛十郎の目には消し去り難い残像がそのままになっている。

美剣士の後ろ姿は、割下水の西の方角に遠ざかる。

四辻で二人の中間ふうの男が、美剣士に近寄り、何やら話しながら路地に折れた。寸前、二人の男が寛十郎を振り返った。

中間風体を装っているが、腰の座りは剣の心得のある者であるのが分かった。

一人は屈強な体つきで、顔の彫りが深く鷲鼻《わしばな》をしていた。

寛十郎は我に返り、後を追おうとしたとき、

「旦那。分かりやしたぜ」

と背後から声をかけてきたのは、定火消し人足のガエンに扮した橋本町の願人坊主だった。

「津軽様の中屋敷に、笠原八郎兵衛という用人と嘉兵衛がおりやした」

「そうか」

「昨日、国元から入ったとのことでした」

「でかしたぞ」

寛十郎は、引き続き津軽屋敷を見張るように言い置いてから、足早に大川を目指した。鈴屋で慎吾と落ち合って、次の策を練らなければならない。


多門慎吾は、鈴屋の間近まで来て、足を止めた。

旅装の百姓が二人、人待ち顔で立っていたが、初音の馬場の方角からやってきた美剣士を迎えると小腰を屈めて挨拶した。

三人は暖簾を潜って鈴屋の中に消えた。

美剣士は、撫で肩のいかにも華奢な体つきだが、歩みは練達の剣士の足運びであった。

——何者だろう……。

と思いつつ、慎吾は鈴屋の暖簾を潜った。

二人の百姓は上がり框《かまち》に腰掛けて、盥《たらい》で足濯《あしす》ぎの水を遣っていた。

下代部屋の前で美剣士がお寿々と立ち話をしていた。

郷里から出てきた奉公人だと告げている。その声で初めて女だとわかった。

吉兵衛が揉み手しながら出てきて、部屋で旅装を解いたら、何はともあれ湯屋で旅塵を落としておいでなされませ、と言いながら慎吾を目で迎えた。

お寿々も美剣士も慎吾を振り返った。

「寛十郎は？」

「あれから、まだお戻りになっておりません」

「そうか。では奥で待つことにしよう」

雪駄《せった》を脱いで上がるさいに、美剣士の目が一瞬険しくなったのを慎吾は見逃さなかった。

二人の百姓が慎吾を仰ぎ見る視線も同質のものだった。

着流しに三紋付きの黒羽織、頭の小銀杏《こいちょう》は遠国の者でも町同心だとすぐ分かる。

慎吾はわざと警戒の視線に気づかぬふりをして、廊下の奥の居間に向かった。入ってから、玄関で寛十郎を迎えるお寿々の声がした。

寛十郎は廊下の中程で、階段を上がってゆく野袴を目にして、仰ぎ見た。その後ろ姿は、紛れもない本所の自身番で目にした美剣士のそれだった。

「おい、見たか?」

寛十郎は居間に入るなり、弾んだ声で慎吾の炬燵《こたつ》の向かい側にもぐり込んだ。ふだんは見せない寛十郎の子供っぽい顔である。長沼道場に通っていた少年時代、好奇心旺盛な寛十郎は、珍しい物を見つけると慎吾を誘って急き立てた。

その当時の顔である。

「江戸では稀な美形だ。まるで長崎屋のカピタンの蘭画にある異国の女のようではないか」

慎吾は苦笑して、

「そんなことより、何か分かったか。俺のほうは、今度の一件の奥の深さを御本家から聞いて、身の引き締まる思いだった」

と、あらましを伝えた。

「長沼先生と平山大先生の諸国行脚には、伊賀忍の密命もあったとはな……」

寛十郎は唸った。

伊賀組は、家康の密命を帯びて文禄《ぶんろく》・慶長《けいちょう》の役に朝鮮半島に渡り諜報活動までしたという初代・服部半蔵《はっとりはんぞう》の大忍の栄光はすでにない。

二代目は忍者の心得を忘れて奢侈《しゃし》に流れ驕《おご》ったので、伊賀同心の造反に遭い、改易されて浪人し、大坂の役で陣借りして汚名挽回を図ったが流れ弾で戦死した。

次男は佐渡奉行・大久保長安《ちょうあん》の不正に連座して、嫡流は絶えた。

隠密としての伊賀組は、今ではお庭番に取って代わられ、大奥七ツ口の門番にまで貶《おとし》められていたが、その実、有能な忍者の末裔《まつえい》は、密かに隠密御用についていたといわれる。

師の長沼一鉄も、その師の平山行蔵も表向きは剣客だが、元は伊賀同心の生まれである。青山の伊賀組屋敷に住む連中よりも忍者らしい。

「俺たちには考えも及ばぬ背景があったわけか……」

「しかし、同門の暴挙を未然に抑えろという内命が偽りではないことに変わりはない」

「そうだな。実は俺のほうも大収穫があった。津軽の笠原と、裏切り者の嘉兵衛が江戸藩邸に入ったことがわかった」

「なに!? 仇役《かたきやく》が揃って江戸に出てきたとなれば、同門は動きだす」

「そうだ。だが、その拠点が分からない。赤穂浪士の吉良邸討ち入りよろしく、その機会を窺っているに違いない」

「寛十郎、もはや予断を許さぬ事態となったと思わねばならんぞ」

「わかっている。しかし……朴斎たちの探索だけが頼りだ」

二人の間に重い沈黙が流れた。

そこへ、お寿々が顔を出した。

「慎吾さま、少し気になることがあって……」

「当宿の預かり人のことか？」

「ええ。まだ、いずれの御奉行所にも訴状を出してはおりませんので、正確には預かり人とは申せませんが……千草様のことが、とても気になります」

「千草とは……あの男装の麗人のことですか!?」

寛十郎が、声を上擦らせている。

「ええ。先程も国元のお百姓が二人、千草さまと宿に入りましたが、今また、お国訛《なま》りの強い中間風が二人、千草さまを訪ねてまいられました。どんな公事になるやらわかりませんが……いずれも只《ただ》ならぬ様子で、気になります」

「そのなかに、鷲鼻の男がおりましたか？」

「ええ」

「俺が、割下水でみかけた男だ。その千草という男装の麗人と密談を交わしていた」

「お寿々、宿帳を持ってきてくれぬか」

慎吾の胸中に小波《さざなみ》が立っている。

六

お寿々が、宿帳を携えた番頭の吉兵衛と戻ってきた。

慎吾が受け取って墨のあとも真新しい記帳を確かめる。

二人は、陸奥の国南部領の九戸の百姓だった。

「後から来たという男たちの記帳がないようだが？」

「じきに、出ていきました」

「はて、慌ただしいことだな……」

慎吾は寛十郎と顔を見交わした。

「中間風のなりはしていても、同郷のものにちがいないな」

「でしょうね。あの顔だちは江戸ではあまり見かけない異相ですから」

と吉兵衛は言って、昔、お寿々の父の存命中に泊めたことのある南部商人の事を思い出した。

その折り、余りに立派な鷲鼻をしているので訊ねたことがあるという。

南部領は、古《いにしえ》に本州の西から関東へ、そして奥羽《おうう》へと流れた蝦夷《えみし》の一族が土着した祖先を持つ者が多いという。彼らは牧《まき》を意味する戸《へ》で集落を作り、一戸《いちのへ》から九戸に土着して南部家の基礎を形成した。

源平時代以前から中央政権に正規の民としての扱いをされず、『俘囚《ふしゅう》』と蔑《さげす》まれ、安倍氏や藤原三代の祖・清原氏が征討軍に対抗して自主独立の気風があるところであった。九戸（福岡）城を本領として豊臣軍に圧伏しなかった政実も、その気風を受け継いだ戦国武将だったのだと自慢げに話したという。

「それと、はるか古代に遠い異国から漂着した祖先をもつ集落もあるとかで、立派な鷲鼻は、そのせいだと聞かされ、わたしも旦那様も驚きながら感じ入ったものでした」

渡来人とは、ヘブライ人を指すものらしい。南部地方には耶蘇《やそ》教主《きょうしゅ》のキリストの弟が逃れてきたという古い言い伝えが残っていた。

二千年に及ばんとする長い歴史のなかで、混血した末裔が異相の鷲鼻を受け継いだとすれば興味深い話ではある。

「なるほど……そう言われてみれば、あの男装の麗人の美しさにも合点がいく」

寛十郎は、妙なところでしきりに感じ入っていた。

慎吾が、窘める視線を送って、話を元に戻す。

「千草という宮司の娘は、兵聖閣の門人だろう……」

「なに？　では……！」

「江戸に集結する門流の中核に関わる重要人物に違いない」

寛十郎は色をなした。

とすれば割下水で目撃したのも納得がいく。弘前藩邸の出入りを同志に探らせていたに違いない。

「慎吾、どうするのだ。彼らが仇と狙う嘉兵衛と笠原が、本所の弘前藩邸に江戸入りしたばかりではないか」

二人の様子に、面食らったのはお寿々と吉兵衛だった。

「ことは切迫している。こうなったら、お寿々たちにも明かさねばなるまい」

慎吾は、かいつまんで門流の秘事を伝えて、千草たちの動静に目を配らせねばならなかった。

お寿々たちの驚きは尋常ではなかった。江戸の『大作贔屓』は知っているし、その報復の張本人たちが鈴屋を拠点に動きだすのかと思うと、全身から一気に血の気が引いてゆくような戦慄を覚えた。

「慎吾さま……」

「今、明かした通りだ。俺も寛十郎も、番所に告げて捕方の手で同門を縄目にかけるわけにはいかない」

お寿々は初めて、今朝からの二人の只ならぬ様子の真意を知った。

「あたしたちは……どうすれば？」

「千草のもとに出入りする連中の動きから、目を離さぬようにしてくれ」

「……はい」

「彼らは、笠原たちの江戸入りを察知したのかな」

「それは何とも言えぬ。だが、遅かれ早かれ動きだす。その前に食い止めるのが我等の使命だ」

「慎吾⁉」

「お寿々、千草一人を下代部屋に呼んでくれぬか。思い切って、俺が直談判《じかだんぱん》してみる。寛十郎は、他の連中が怪しんで近寄らぬように下代部屋の前で目を配っていてくれ」

「心得た！」

慎吾は、のるかそるかの大胆な行動に出た。

同門が集結してからでは手遅れになる。捨て身で釘を刺すしかなかった。


慎吾は下代部屋で待った。

ほどなくして千草がお寿々の案内で入室した。

緊張の面持ちで座る千草。下代部屋で二人きりになった。

「町同心のお方に、詮議されるような怪しい者ではございませぬ」

千草は、背筋を伸ばして慎吾と対座した。

「詮議ではござらぬ。かようななりはしておるが、それがしは長沼一鉄先生の門弟です」

同門と聞いて、千草の顔に狼狽《ろうばい》の色が浮かんだ。

慎吾は名乗り、町同心ではなく、同門として話し合いたいと申し入れた。

「いま一人、下代部屋の外にいるのも長沼先生の門人です。他に、あなた方の素性を知る町方はいない。まずは安心なさい」

慎吾は、師の一鉄から密命を受けたことを、包み隠さず明かした。

そして、大作の報復に出ることが、門流の浮沈にかかわる愚挙であることを諄々《じゅんじゅん》と説いた。

「それは承知しています。けれど……今更、同志を抑えることなど到底できませぬ。このたび、やむにやまれず江戸入りした者たちは、兵聖閣から破門された身です。平山大先生や長沼先生、同門の方々には、ご迷惑をお掛けいたしませぬ。あくまで私闘でございます。どうぞ……お見逃し下さいませ」

千草は両手をついて、慎吾に真っ直ぐな目を向けた。

「私と、部屋の外の同門を斬ってでも事に及ばれるか？」

「……」

「それで、事は成就《じょうじゅ》できませんよ。どこまで内偵しているか知らぬが、千草殿たちの動きに目を光らせているのは、私たちだけではない」

「⁉」

「報復のみを一途に思うあまり、世のことまで思案が及ばぬとみえる。あなたがたが破門の身と言おうが、世間ではそうは見まい」

そして慎吾は、御本家から聞いた三すくみ四すくみの隠密の動きまで明かして忠告した。

「この上、門下から反逆者を出すのは、下斗米（大作）先生も本意ではありますまい」

「……」

「無駄死にになる」

慎吾も、真っ直ぐに千草に視線を返した。

「あなたから、同志の方々に説得してください。千草殿たちの素志は、私が内々に牢屋敷の下斗米先生にお伝えする」

「！」

「それでも敢えて事に及ぶのであれば……私は門流の名は伏せて、別件で縄を打たねばならない。……そんなことは、したくないのだ。抵抗すれば斬らねばならぬ。それ以外に門流を救う途《みち》はない……」

苦渋に満ちた慎吾の視線を受けて、千草は思わず目を閉じた。

胸のうちに去来するのは、下斗米秀之進と過ごした郷里の兵聖閣の日々に違いない。しばらく瞑目《めいもく》したのち、千草は涙に滲む目を開いた。

「多門様のご心情……胸に沁みました。どこまで出来るか……やるだけやってみます。それが無理なら、あたくしを成敗なさって下さりませ」

千草は、震える唇を噛んで慎吾を見上げた。

「兵聖閣に戻って、師の遺志を継いで下さい。それが、ひいては南部藩の為にもなることだ。下斗米先生も、これ以上の復仇は望んでおられぬのではないか」

慎吾は、そう説得するしかなかった。

だが、千草がどこまで同志を諫《いさ》めることかできるかは分からない。どころか、千草本人が本当に納得したのかも疑問だった。

――引き続き動静に目を配るしかない。

七

それから数日、お寿々たちが危惧《きぐ》していた鈴屋での同志の集結はなかった。

千草たちの外出はあったが、両国橋を渡って本所に足を向けることもない。同志の結集を解いて説得しているかまでは分からなかったが、本所三笠町の自身番で目を光らせている寛十郎のもとにも、津軽屋敷の周辺に不穏な動きは見られないとの願人坊主たちの知らせがあって、ともかくも一触即発の危険は収まったかにみえた。

だが、一抹《いちまつ》の不安を拭い去れないのは、寛十郎も慎吾と同じだった。

相馬大作の処罰が、いまだに下っていないのだけが、せめてもの救いだった。処刑ともなれば、慎吾の説得も微塵に吹き飛んでしまう。報復に燃える連中に火に油を注ぐことになるのは明らかだ。そうなれば、もう止められない。

睦月《むつき》も残り数日となったころ。江戸は吹雪《ふぶき》に見舞われた。

旅装を整えた千草と百姓二人は、鈴屋の玄関に立った。

「お世話になりました。国元に戻ります。多門様に、よしなにお伝え下さい」

千草は、見送りに出たお寿々と吉兵衛に別れを告げて、暖簾の外に出た。

慎吾は一階奥の居間にいたが、あえて見送りには出なかった。

ひそかに忠助に千草たちを尾行させた。神田川を渡り千住宿まで行けば、奥州街道を陸奥の国まで帰るのを確認することができる。

千草たちが去ってしばらくして、慎吾を訪ねてきた者があった。

お寿々の案内で居間まで通されたのは、眼光の鋭い一人の武士だった。

この真冬に、袷一枚、足袋も履かぬ素足のままで、頭も肩も雪が残っている。

師の一鉄に似た古武士然とした風貌だったので、慎吾は一瞬、

——同門ではないか……？

と緊張した。

「御勘定奉行村垣様支配・普請組の、間宮林蔵《まみやりんぞう》と申す者です」

と名乗った。

実は表向きの上役を飛び越えて、直接、勘定奉行の村垣定行に出入りを許されていた隠密であったが、それは伏せ、

「それがし、昨年まで蝦夷地の測量御用を務めていたものでござる。これまで幾度か相馬殿とは厚誼《こうぎ》の間柄でござって、昨年の『義挙』と、その後の入牢に悲憤を禁じえない一人でござる」

と、慎吾の人相風体を確かめるような視線で話しはじめた。

間宮が、相馬大作と親交の間柄なのは事実であった。

大局観こそないが、房総の沿岸に出没するイギリス船の脅威に警鐘を唱えた

り、樺太《からふと》へのロシア侵略の際には志願して義勇軍に加わり、当時函館奉行だった村垣に認められて以来、忠実な手駒となっていた。村垣が勘定奉行となると江戸へ呼び戻されたものである。

「そんな事情もあって、相馬殿の報復に燃える弟子たちの江戸集結を心配していた。あ、いや。身共は彼らを煽動《せんどう》したり、この上の『愚挙』に加わる意思などは毛頭ござらぬ。ばかりか、平山先生の講武実用流の前途を危ぶんでおります。それで、失礼ながら長沼殿の道場の様子も、少しく調べさせていただいた」

「で、私に何の御用です？」

間宮は、頭から溶けて流れる雪水を拭おうともせずに、居住まいを正した。

「相馬殿と同門であれば、どうか彼らの暴発を未然に防いでいただきたい」

慎吾も、思わず居住まいを正していた。

「どういうことです？」

「深川十万坪で、老中水野様の許可を得て、弘前藩有志が北方警護のための雪中演習をすることになった。見届役は、用人の笠原八郎兵衛。大鉄砲の指南役は、かの嘉兵衛」

「なんですと⁉」

「南部藩邸の練兵に対抗したものだが、藩士を選抜したのは表向きで、かき集めの郷士や浪人たちでござる」

「では⁉ 報復に燃える兵聖閣の門人たちを誘い出す罠《わな》ですか⁉」

「いかにも。乱闘になれば弘前藩も只では済まぬ。そこまで考えての笠原の偽計でござる」

「それは、いつです⁉」

「本日、午《うま》の下刻(午後一時)」

「なんと⁉」

一刻(二時間)後に迫っていた。

「騙し討ちされるのを、むざと見過ごすわけにはまいらぬ。かと申して町奉行所へ注進する気にもなれぬ。身共が止めても耳は貸すまい。そこで同門の多門殿に何とか未然に止めていただきたい。そう思って駆けつけた次第でござる」

慎吾は刀を摑んで立ち上がった。

千草の説得に応じなかった同志が、囮《おとり》と知らず情報を得て十万坪に向かっているかも知れない。猶予はならなかった。

「ありがとう存じまする!」

慎吾は、間宮に一礼するや部屋を走り出していった。

寛十郎に知らせて、二人だけでも門流の暴発を食い止めねばならない。

鈴屋から飛び出した慎吾に、小伝馬町の方角から泡を食らって忠助が駆け戻ってきた。

「旦那様ア！」

「忠助!?」

慎吾は胸騒ぎがした。

息も上がって慎吾の足元に這いつくばった忠助は、白い息を吐きながら、

「千草様たちは……牢屋敷の北裏で、両手をついて別れを惜しんでいるようでした……嗚咽《おえつ》さえ漏れて聞こえてまいりました……」

「それで!?」

「浅草橋御門を渡りましたが……大川岸に出て、船で……ほ、本所に向かわれました」

「しまった！」

慎吾は臍《ほぞ》を噛む思いで走り出していた。

千草は、同志を諫めたのではなかった。笠原が流した偽情報に引っ掛かり、ま

んまと罠におびき寄せられたのだ。

慎吾は吹雪をついて、両国橋を走り抜けた。

深川十万坪は竪川の南に平行して流れる小名木川《おなぎがわ》沿い、南北に流れる大横川と交差する東に位置する湿地帯である。武家地の途切れた東に広がる荒涼とした一帯には人家もなく、晴れた日には北に望める筑波《つくば》の山々も、今は吹雪に隠れて見えない。ただ松籟《しょうらい》が鳴り響くのみである。

雪中演習には又とない荒天には違いないが、大鉄砲を担いで行軍する偽練兵の一団のなかに、塗笠に蓑《みの》をつけた指揮官の笠原八郎兵衛がいた。

傍らに猟師の蓑笠をつけた嘉兵衛が、周囲を見渡しながら喚《わめ》いた。

「来ますかねえ」

「来るさ。連中にとっては千載一遇《せんざいいちぐう》の好機だ。この機会を逃しては、わしとお前に報復はできぬ。襲ってくれねば、わしらの面目も立たぬわい」

笠原も嘉兵衛も、大作の襲撃を未然に防ぎ、江戸に潜伏した一党を南北奉行所を動かして捕縛させたときまでは忠義の臣と称賛された。

それが、一転して大作贔屓の江戸庶民に悪役に仕立てられてから、藩内でも持て余し者にされてきた。

笠原は、たまったものではない。大作の『義』など到底理解できなかった嘉兵衛も、大名暗殺の企てに恐れをなして大作の信頼を裏切り密告に走ったのだ。

弘前藩士に取り立てられたものの、今では白眼視されていた。

藩内では、「必ずや大作の無念に門人が決起するに違いない」と囁く声が次第に大きくなり、将軍家のお膝元で騒擾に及べば藩の浮沈に関わると憂慮した。

だから笠原は、偽兵を編成して『残党』を血祭りにあげ、後顧の憂いを断たねばならぬ立場に追い込まれたのだった。

雪中行軍の演習なのに、一隊は松林の付近から雪原の中央に繰り出そうとはしなかった。

松林には、罠に嵌《は》まった決死隊を狙い撃ちにする伏兵が埋められていたのである。

十万坪の小名木川の岸辺から、雪煙があがった。

人影が見える。六名ほどの抜刀隊であった。

「来ましたよ！」

嘉兵衛が吹雪のなかで叫んだ。

「少なすぎるな。要心しろ。別働隊がいるに違いない」

笠原は、嘉兵衛に狼煙《のろし》の花火を打ち上げさせた。黄色い煙がそれを伝えたが、忽《たちま》ち吹雪に流された。

抜刀隊の先頭に立って、鉢金を額に締め、鎖帷子《くさりかたびら》に身を包み、赤襷《あかだすき》姿で雪を蹴りたてて突進してくるのは千草だった。

郷里の地吹雪のなかで練兵訓練を積んだ千草たちにとっては、江戸の吹雪などものともしない。手に四尺近い長刀を握っていた。

真貫流の稽古では一尺三寸の短い木刀で鍛えられるが、実戦では長刀を用いる。吹雪のなかでは鉄砲の命中度も落ちるのを知り尽くしての斬り込みだった。

白兵戦になれば、常在戦場の一撃必殺の真貫流の錬磨を積んだ千草らにとって恐れるものは何もなかった。

果たして、演習隊の放つ銃弾は千草たちを仕留めることも出来なかった。

「いたぞ！　あれに見えるは笠原と嘉兵衛に紛れもなし！」

千草が叫んで、同志を鼓舞《こぶ》した。

両名の顔は無論、姿恰好は遠目でも確認できる訓練を積んできた千草たちである。見誤るはずもなかった。

笹原たちは伏兵を埋めた松林に逃げ込んだ。

「逃がすか！」

千草たちは、立ち塞がる浪人どもを一刀のもとに斬り下げて進撃する。

その時、引き寄せるだけ引き寄せた狙撃隊から一斉に銃弾が放たれた。

千草の肩口から血潮が飛び散った。

続く同志が胸と顔面に銃弾を浴びて、血飛沫《ちしぶき》をあげて飛んだ。

その屍《しかばね》を越えて、後続の同志たちは千草に続いた。

松林に埋伏された狙撃兵から、至近距離で銃声が浴びせられた。

弾かれたように千草は吹雪の宙に跳び、血飛沫を散らして雪面に投げ出された。後続の同志たちも、同様に射撃されて雪面を血で染めた。

「仕留めたぞ！」

笹原が快哉《かいさい》を挙げたときだった。

吹雪の雪原に雪煙を挙げて近づいてくる二筋が迫った。

「まだ残っていたか！　撃て！　撃て撃て！」

笹原は恐怖にかられて喚いた。

撃ち尽くした火縄銃に、早合《はやごう》が装塡されたが、点火が間に合わない。

焦る銃撃隊に、猛然と斬りこんだのは慎吾と寛十郎だった。
阿修羅《あしゅら》さながらの二人の一撃必殺の刃が閃き、抜き合わせるものは一人もいなかった。

慎吾と寛十郎は、一撃で浪人たちを次々に斬った。

千草たち決死隊の数は余りにも少ない。慎吾の説得を受けて、当初予定していた同門の結集を解いたのは明らかだった。

大勢で徒党を組んでの騒擾は思い止まったが、せめて破門された数人だけで笠原と嘉兵衛の首級だけは挙げたかった。もとより討ち死には覚悟している。

その心情が伝わってくるだけに、慎吾は千草たちに本懐を遂げさせようと、斬って斬って、斬りまくった。

もはや町同心の職務は逸脱している。慎吾も寛十郎も、返り血を浴びながら真貫流の同門として、千草たちと心を一つにして血刀を揮《ふる》った。

雪原を血に染めて、累々と屍が築かれてゆく。

願人坊主たちは、息をつめて修羅場を見守っていた。慎吾から、決して闘争に加わるなときつく念押しされている。

一様に震えているのは寒さのためではない。『討ち入り』に加わりたくても加われない武者震いであった。

次々に倒れる浪人たちを置き去りにして、笠原と嘉兵衛は我先に逃げた。

だが、ついに慎吾と寛十郎に追いつかれ、襟首を摑まれた。

「これまでだぜ……ご両人」

慎吾が引導を告げた。

二人は、息も絶え絶えの千草の前に笠原と嘉兵衛を引き据えた。

「しっかりしねえか！」

寛十郎が、千草を起こして、その背を支えた。

千草は、掠れた声で慎吾に詫びた。

「申し訳も……ござい、ませぬ……」

「いや。最早、是非は問うまい……存分に思いを遂げるがよい」

慎吾は脇差を抜いて握らせると、静かに頷いた。

千草は嘉兵衛の頸動脈を切り、返す刀で笠原の胸を突き、最後の力を振り絞って覆いかぶさった。

「多門様……ご温情は……黄泉路《よみじ》の果てに、参りましても、決して……忘れは、いたしませぬ……有り難う、ございました……」

微笑さえうかべて、千草は息絶えた。

慟哭《どうこく》の虎落笛《もがりぶえ》が、どこからともなく聞こえてきた。

## 八

月は変わったが、今年は閏月《うるうづき》が一月で、春は足踏みしている。

深川十万坪の血闘は内々に処理されたが、到底隠しきれるものではない。近くの橋番から漏れたらしく翌日には読売《よみうり》の瓦版《かわらばん》で江戸中に喧伝《けんでん》された。

「文政吉良の首も転がりおちて、これで獄中の大作も以《もっ》て瞑すべしだぜ」

と江戸っ子たちは湯屋や髪結い床で溜飲を下げた。

幕政批判は瓦版売りたちにとって命取りになるから、講談調に尾ひれをつけて偽名で『仇討ち』が報じられたが、この手の表現は読むほうも心得ている。

やがて弘前藩から、笠原と嘉兵衛の『病死』届けが公儀に提出されたという噂が江戸の町にひろがった。

「いずれ講釈師が美談に仕立てあげてくれるだろうよ」

無論芝居町で『生世話狂言』として舞台にのぼることを期待している。

だが、肝心のオチがない。

「これじゃ、落とし噺《ばなし》にもならねえぜ」

大作が未決のままなのである。

その月も半ばになって、高札場に相馬大作の処刑が、この年八月に小塚原で執行されるとの触札が立った。

同時に、老中にお伺書を出して受理された南町奉行・筒井政憲の相馬大作への申し渡しが巷に流れ、江戸っ子たちは再び沸き返った。

それには「津軽家古来、南部家臣下の筋」に始まり、「その方、仕官の身にはこれなく候えども、父祖の為には累代の主人につき、右鬱憤《うつぷん》を晴らすべく云々《うんぬん》……」とあり、大作が最も訴えたかった義挙の発心《ほっしん》を認める前提にたっての判決であることが天下に知られることになった。

筒井のお伺書の受理は、幕閣の判断であり、死罪以上は将軍の裁可を仰がなければならないので、天下の大法を犯した大作の死罪は免れないとしても、その申し渡しの内容は、将軍が大作の『義』を認めたことになった。

世論は納得した。筒井奉行の名裁きが、またまた人気を博したことは言うまでもない。

小伝馬町牢屋敷で、町奉行所与力から申し渡しを聞いた大作は、深々と頭を下げ、義挙の成就を嚙みしめたという。その目尻に光るのは、それとなく告げられた千草たち門人の逆縁の殉死を悼《いた》むものだった。

密かに願人坊主たちの手で回向院《えこういん》に運ばれた千草たちの遺体は荼毘《だび》にふされ、やがて処刑され同地に葬《ほうむ》られる大作たちの露払いさながら、煙となって浄土に昇った。

鈴屋にお寿々宛の千草の遺書が残されているのを、掃除のお亀が見つけたのである。

「同志の遺体は、下斗米先生が葬られる回向院に埋めてください」
と、埋葬費が添えられ、お寿々への詫びとともに美しい女文字でしたためられていた。

処刑された罪人の遺骸は回向院に葬られることになっていた。一足先に黄泉路に発つ覚悟を決めた千草たちの最後の願いだったのである。

慎吾は、寛十郎、そしてお寿々とともに無縁塚に詣で、立ち昇る香華に手を合わせて、大作がこの夏に彼岸に向かうことを報告した。

慎吾と寛十郎は、かろうじて師の一鉄の密命を果たし、門流の前途に立ち込める暗雲を払い去った。

文政五年閏一月の、その日の空は晴れ渡った。

「お寿々、聞こえるか？」

慎吾に促され、お寿々は足を止めて耳を澄ました。

「鶯《うぐいす》の初音が……」

待ちどおしい春が、梅の香りにのって、すぐそこまで忍びよっていた。

# 第三話　紅蓮心中《ぐれんしんじゅう》

## 一

「風邪でもひいたのかしら……」

下代部屋で、机の訴状の控えを整理していたお寿々が、誰に言うともなく呟いた。傍らでは、下女のお亀が大儀そうにハタキをかけている。

公事宿・鈴屋の下代の吉兵衛は通いの番頭で、馬喰町からほど遠くない横山町の借家住まいだが、毎朝大戸を開けて暖簾《のれん》を出すころには鈴屋に顔をみせる。

お寿々が鈴屋の女主人となってから、一日も休んだり遅れたりすることがなかっただけに、鬼の霍乱《かくらん》かと思わずにはいられない。

「あれ、お嬢さん、ご存じなかったんですか」

お亀が、間延びしたようにハタキの手を止めて反応した。

「おまえ、何か知っているの？」

「おかみさんが、病気らしいですよ」

「え？　それ本当？」

「ええ。お梶さんに聞いてみたらどうですか」

お亀の気の利かないのはいつものことだから、叱る気にもなれない。

お寿々は下代部屋を出て女中頭のお梶を捜した。

吉兵衛は、お寿々の父親の代には鈴屋に住み込んでいたが、お寿々が婿を迎えてから外に家を借り、お寿々が寡婦《かふ》となって後もそのまま通いの番頭として奉公していた。

五十を過ぎた今でも独り身だが、内縁の妻はいるらしく、お寿々が、「一度お連れして」と水をむけるのだが、「まあ、そのうち……」と照れくさいのか、そのままになっている。

お梶は台所で、お花と食器の洗い物をしていた。

お寿々に問われると、「ああ、それじゃ、よっぽどお豊《とよ》さんの具合が悪いのかもしれませんね」

そこまで事情を知っているのなら、耳に入れてくれてもよさそうなのに……とお寿々は、恨めしそうな目をむける。

「いえ、お嬢さんには心配をかけたくないと、吉兵衛さんから言われていたものですから……そうですか、それじゃ様子を見にいってきましょうか」

と不安顔になる。

「吉兵衛も水臭いわね。今日は無理をして出て来る用事もないから、あたしがお見舞いがてら伺ってこようと思うの」

考えてみれば、一度も番頭の家を訪ねていないのは不自然だった。こんなときでもなければ、お豊という内縁の妻に挨拶する機会もない。

「ご案内しますよ。いきなりお嬢さんに訪ねられたら吉兵衛さんも慌てるでしょうし。出支度するまで少しお待ちください」

お梶は、小走りに台所を出ていった。

「お寿々さん、留守はあたしが引き受けますから」

お花が努めて快活に言う。

もともとお花は公事で逗留《とうりゅう》している潮来の旅籠《はたご》屋の娘だが、いまではすっかり鈴屋を手伝って、お寿々に頼りにされている。

「たすかるわ」

「吉兵衛さんも、あれで大の照れ屋ですから、お寿々さんのお耳には入れづらかったんだと思います」
「知らないのは、あたしばかり。お花ちゃんは、そのお豊さんのことを知ってい
るの？」
「いえ。お会いしたことはありません。でも、お梶さんの話では、ずいぶん綺麗
な人だそうですよ。歳も二まわりは離れているらしいです」
「まあ」
吉兵衛も、なかなか隅におけない。親子ほども歳の離れた内縁の妻なら、気恥
ずかしいのも分かるような気はするが……。
「なんでも、粋筋《いきすじ》の出らしいですよ」
お花が、そっと言って微笑《ほほえ》んだ。
「ああ……」
とお寿々は合点した。横山町は橋町に隣接している。そこは花街で料理茶屋が
多く、振袖《ふりそで》芸者で知られるところだった。
柳橋芸者とは違う、いわゆる岡場所の芸者で、座敷に呼ばれるときには振袖で
上がり、馴染《なじ》みの客には持参した留袖に着替えて接待する。いわば『一夜妻』
で、帰りにはまた振袖で出てくるから、その名があった。

吉兵衛も男である。馴染みを重ねるうちに落籍して、内縁の妻としたものだろう。

お梶が出支度を整えて、お寿々の案内に立った。

往来には、朝積もっていた雪も溶け、いわゆる春の薄雪の風情である。

今年は閏月《うるうづき》が一月で、ようやく二月を迎えたが、まだ朝晩は余寒の日々が続いていた。

お寿々は途中、菓子屋で見舞いの品を求めると、お梶の案内で吉兵衛の家を訪れた。格子戸の洒落《しやれ》た家で、三味線稽古の看板がかかっていた。

「お豊さんは、近所の町娘に三味線を教えているんです」

お梶は言って、先に玄関に入ると吉兵衛を呼んだ。

慌てて出てきたのは吉兵衛である。

「これは、お嬢さん……いま、出掛けようとしていたところで」

「いいのよ。今日は休んで。それを伝えに寄ったのだけれど……お豊さんの具合はいかが？」

吉兵衛は、しきりに汗を拭って、お寿々たちを迎え入れた。

羽織を着て居間まで起きて出たお豊は、お寿々に丁寧な挨拶をした。

化粧こそしていないが、噂通りの粋な美人だった。お寿々とたいして歳は変わらないように見える。

「ゆっくり養生してくださいな。しばらく下代の仕事もありませんし、吉兵衛もついていてあげて」

「いや、そんなわけにはいきません。人心地つきましたので、これから出向きます」

「いいから。用が出来たら清六を使いによこします」

しばらく押し問答になった。

と、どこからか半鐘の音が聞こえてくる。

お寿々たちは耳を澄ました。

「そう遠くはないようです」

お梶が言った。

半鐘は連打されている。音の方向からすると、火元は二、三丁東の大川寄りらしい。

「ちょっと見てきましょう」

お梶が立ったので、お寿々も、それをしおに辞去することにした。

「吉兵衛、ほんとうに宿のことは心配しないで。せめて今日だけでも、お豊さんの傍についていてあげて」

と念を押して、外に出た。


風が強くなっている。

お寿々は、野次馬が走る後に続いて小走りに大川の方角に向かった。

半鐘は初音の馬場の火《ひ》の見櫓《みやぐら》から打ち鳴らされていた。

「お嬢さん、風向きは馬喰町のほうに変わりましたよ」

お梶に急かされて、米沢町の手前まできたときに煙が見えた。

半鐘の音は、『擦り鳴らし』に変わり、火元が近いと告げている。

米沢町と元柳橋の間、薬研堀八幡《やげんぼりはちまん》の裏手から火の手が上がっていた。

そのあたりには高級料亭もあり、両国広小路も近いので、小屋掛け芝居の客たちが時ならぬ昼火事に押しかけて野次馬の人垣をなしていた。

「どいた、どいた！　どいたっ！」

町火消したちが野次馬を散らして押しかけた。

革羽織の頭取と小頭たちが、火消し人足たちに手際よく指示を飛ばす。梯子持《はしごも》ちが繰り込んで、長鳶口《ながとびぐち》を手にした平人足が煙のなかへ飛び込んでゆく。

やがて屋根に纏持《まといも》ちが立った。

一番組『に』組の纏が振り上げられた。

遠目にも姿かたちのいい纏持ちなのがわかる。

『雷雨帽子に持ち合い二つ太輪四方』の白漆喰《しろしっくい》の纏が、火の粉の舞う屋根に颯爽《さっそう》と振り立てられている。

野次馬のなかから、黄色い歓声があがった。

「きゃア！　健次《けんじ》さんっ！」

嬌声といってもいい。町娘たちが仰ぎ見る目は、まるで歌舞伎《かぶき》役者をみるそれだった。

「どいた、どいたっ！　見せ物じゃねえぞっ！」

小頭たちが喚《わめ》いて野次馬を追い払っている。

人垣が崩れて、輪が押しやられた。

お寿々もお梶も、その波に押し倒されそうになる。

「お寿々！　危ねえ！」

声がして、強引に腕を引き寄せられた。

「慎吾さま⁉」

町触れ同心の多門慎吾だった。

「鈴屋に戻れ。この様子じゃ、すぐには鎮火《おさま》らねえぞ」

## 二

鎮火を告げる半鐘が三つなって、火事はようやく収まった。

出火元の料理屋と隣接する表長屋の五軒は、破壊消防で全半壊し大火とならずにすんだが、川風に煽《あお》られた火の粉が裏長屋に飛び移って、鎮火するのに手間取った。消しおえたと思うと、またチョロチョロと火の手があがるという具合で、一番組の『は』組『い』組まで応援にかけつけて、ようやく鎮火の半鐘が鳴ったのは夕暮れちかくなってからだった。

いろは四十八組の町火消しは、一番組から十番組の大組に分かれていて、うち四番組と七番組を除く八組に小組が編入されていた。

四番は江戸訛《なま》りで、「ひ」に、同じく七番は「ひち」（火地）と語呂が悪い。

一番組は筋違門《すじかいもん》内から、神田辺、両国橋までと、日本橋北本町まで。南は通り一丁目まで。「い」「よ」「は」「に」「万」組の五組が預かり、江戸城に近い「い」組は特別な権威があった。出初《でぞめ》の梯子も他組より高い。

両国橋西詰から米沢町・馬喰町・通塩町《とおりしおちょう》、橘町西の神田堀あたりは「に」組の持分で、神田堀の南西、浜町一帯の武家地を除く町家は「は」組の持分だった。

いずれも町抱えで、火事の出動のないときは町内の鳶仕事ほか様々な町入用に従事している。

お寿々たちが、類焼の不安も去って、ようやく安堵の胸を撫で下ろしたころ、町触れ同心の慎吾が顔を出した。

親友の南町定町廻り同心・白樫寛十郎を伴っている。

「やれやれだ。あわやお奉行の出役《しゅつやく》かと思われたが、与力の出動で収まった」

慎吾は鈴屋の居間の炬燵《こたつ》にもぐりこんで、やっと一息いれた。

「それにしても、町娘たちのあの騒ぎようは顰蹙《ひんしゅく》ものだな」

寛十郎がボヤく。

「に」組の纏持ち健次の人気は、それほど過熱気味だった。

「よせよせ。モテない男のヤッカミだと笑われるだけだ」

慎吾は苦笑する。

「でも、今年に入ってからもう三件です」

お寿々が不安そうに慎吾の顔を見る。

「そのことさ。付け火の疑いもあるので、寛十郎も、それとなく探索している」

「だが、今のところ、死人が出たわけじゃなし、物取りにあったという届けも出ていない。付け火とすれば、人が集まって騒ぐのを喜ぶ手合いだろう。そうとすればタチの悪い野郎だ」

「まだ馬喰町の出火はないが、要心にこしたことはないぞ」

慎吾はお寿々に忠告した。

「ええ」

「そうだ。肝心なことを忘れていた」

慎吾は懐から書付を取り出して広げると、

「今年に入ってからの界隈の火事騒ぎで、家を焼かれた者たちが身を寄せる先だが……大店の連中は別宅や近郊の縁戚に身を寄せ、新普請が出来るまで江戸を離れている。あとは町名主の檀那寺《だんなでら》に預けられているが、商いの都合もあるので江戸を離れられぬ者もいるから、公事宿でしばし預かるようにとの町触れが出ているのだ」

「まあ……じゃや、鈴屋《うち》も？」

「そうだ。公事宿の肝入《きもい》りたちに達しがあったばかりだ。ここの世話役は……」

「常陸屋《ひたちや》のお義父《とう》さんです」

公事宿は株仲間を結成し、冥加金《みょうがきん》を公儀に納めて特権を許されている。馬喰町三丁目から四丁目にかけての組合の世話役は、お寿々の亡き夫の父親・常陸屋善右衛門《ぜんえもん》だった。

「人別帳に混乱をきたさぬよう、公事の預かり人同様に宿帳に記載せねばならぬ。俺は、その徹底を見てまわる役目だ」

「まだ、お義父さんから伺ってはいませんけれど……」

「いずれ呼び出しがあろう。……鈴屋にも町名主から預かってくれと届け出があったはずだが……」

と、書付に目を走らせた。

「おお、これだ」

慎吾は、お寿々の前に書付を広げて指さしてみせた。

該当する三名のなかに、女の名があった。

「増田屋《ますだや》の、お町《まち》さん？」

歳は十七とある。

「お町さん、お一人ですか？」

「増田屋といえば通塩町でも大店の地本《じほん》問屋だ。このあいだの火事で焼け出されて練馬《ねりま》の縁戚に身をよせているはずです」

と寛十郎。

「田舎暮らしに嫌気がさして、店の普請が整うまで江戸に残りたいと両親に駄々をこねたのではないかな。江戸の水に馴染んだ娘には、練馬で大根畑を眺めて暮らすのは死ぬほど退屈なことだろう」

「両親が、よく承知しましたね」

「父親にとっちゃ、我《わ》が儘《まま》娘ほど可愛い者はないというからな。泣いてせがまれて押し切られたんだろうよ」

「鈴屋の主人がお寿々さんと知って、名主に無理を言ったのかもしれませんよ」

寛十郎に言われて、お寿々は困惑げな表情になった。

「我が儘娘のお守りを押しつけられたな」

慎吾は苦笑して、

「なに、断ってもよいのだ。どうせ、ふんだんに小遣いを付けて預けられるのだろう。引き受ける宿は、いくらでもあるさ」

と慰めた。


慎吾と寛十郎が帰ったその夜。

義父の常陸屋善右衛門が、鈴屋にお寿々を訪ねてきて、

「押しつけるのも何だとおもって、わたしのところで預かっていたのだが、公事の客で部屋が手一杯になってしまってね……」

と増田屋お町の件を持ちかけてきた。

「たしかに世間知らずの我が儘なところもあるが、悪い娘《こ》じゃない。習い事を続けたいと両親にせがんで江戸に残りたいと言っただけあって、ちゃんと稽古に通っているんだ。ただ、仲のいい町娘が江戸を離れてしまったので、寂しい思いをしている。わたしのところでは話の合う女中もいない。多少お荷物になるだろうが、お前さんのところで預かってもらえないだろうか」

お寿々は、あまり気が進まなかったが、ほかならぬ義父の頼みである。鈴屋に

客のないときには回してくれているし、今、鈴屋に空き部屋がないわけではない。

「なあに、増田屋さんの普請が整うまでの間だ。どうだろう?」

「わかりました。お預かりします。ただ、つきっきりでお世話するわけにはいきませんけれど……」

「それは、お町さんも承知しているさ。いや、助かった」

常陸屋は、やっと肩の荷が下りたといった顔で、帰って行った。

幸い、鈴屋にはお花がいる。

好意に甘えて、つい人手不足の女中を手伝ってもらってきたが、思えばお町と同じ娘盛り、せっかく江戸にいるのに遊山も碌《ろく》にしていない。この春のうちには訴訟も完了して両親と潮来に帰ることになっている。

潮来に帰れば許婚者《いいなずけ》の千吉《せんきち》に嫁ぐ水郷の花嫁だ。

——お花ちゃんの江戸土産《みやげ》に、お町さんと遊山を楽しんで貰えれば……。

嫁入り前の同じ年頃同士、気が合うかもしれない。

そう思うと、お寿々の気持ちは急に弾んできた。何よりの餞《はなむけ》になる。

翌朝、お町は華やかな振袖姿で鈴屋にやってきた。

「お世話になります。よろしくね」

お町は丁寧に挨拶した。美人とは言いがたいが、入念な化粧と派手な装いが十人並以上に引き立てている。何より若さに溢れていて、育ちのよさからくる自信もあり、さして厭味は感じられなかった。

お寿々は笑顔で迎え、お花に二階の一室に案内させた。

お町の身の回りの荷物を運んできたのは町抱えの二人の鳶の者だった。

俗にいう『土手組』。町火消しの頭取の下っ端である。火消し人足には加われない身分で、町入用の溝掃除《どぶそうじ》などが普段の仕事だが、大店の店先で用心棒を兼ねたり、時には花見のお供、内儀や娘の遊山の護衛も務める。

増田屋は町内きっての金持ちだったから、こうした土手組は従者のようなものだった。

乳母《うば》が慌ててやってきたが、

「お前は練馬にお帰り。もう子供じゃないし、それに鈴屋さんに余計なご迷惑はかけられないわ」

と追い返した。

空き部屋といっても二間は割けない。六畳の部屋は仮の姫箪笥《ひめだんす》や衣桁《いこう》が持ちこまれ、お町が起居するだけの余裕しかない。

「出掛けるときは『に』組のお頭が男衆《おとこし》を回してくれるから、心配はいらないわ」

お町に言われて、乳母は渋々出てゆくしかなかった。

下代部屋で吉兵衛に細々と頼み込んで、父親から預かった『心付け』を置いていった。

「おどろきましたね、十両ですよ」

鈴屋にとっては優に三カ月分の稼ぎにあたる。いかに大店とはいえ、増田屋も余程娘が心配なのだろう。お町は一人娘だった。

三

「お寿々さん……こんなに良くしていただいて、あたし……」

お花は、お寿々に伴われて大丸へ呉服を見立てにゆく途次、しきりに恐縮して声を落とした。

「何の遠慮がいるものですか。これまで、お花ちゃんに手伝ってもらって、あたしのほうこそ大助かり。潮来に帰るまでには、せめて晴着の一枚でもと、前々から思っていたのよ」

と、お寿々は微苦笑を返した。

増田屋のお町がきてから、これまで甘えていた女中の雑務からお花を出来るだけ開放し、芝居見物の相手や江戸遊山の時間をつくってきたお寿々だった。

公事宿では、訴訟で地方から逗留している客を、『堂社詣で』といって名所を案内する脇商いも務める。大きな公事宿には専門の手代などもいて、結構な実入りになっていた。

鈴屋は、それほどではないが、たまにお寿々がその役を務めていた。

そんな折りには出来るだけお花を伴い、お寿々の娘時代の振袖で着飾らせてお花を喜ばせてきたが、江戸を離れる前に晴着の一枚も贈ろうと常々考えてきた。

お町の外出にもお寿々の振袖を着せて出掛けさせたが、何せ相手は金持ちの一人娘で、金にあかせて流行《はや》りの花柄を散らした振袖に着飾っている。

お寿々の振袖も決して見劣りのするものではなかったが、やはり流行は娘盛りの町娘の最大の関心事であるには違いない。

そんなこともあって、お寿々は大丸《だいまる》で晴着を見立てる気になったのだ。

梅見の季節にもなっていたし、お町に見劣りしない振袖で着飾らせてやりたかった。

「あたし……宿のお手伝いをしているほうが、よっぽど楽しいんです。お寿々さんのお気持ちは、それは嬉しいけれど……」

と、何やら思い詰めた顔をしている。

お寿々は大丸呉服店が見えてきたあたりで、足を止めた。

「お花ちゃん……？」

同じ年頃同士、気の合うものと思いこんできたが、どうやらお寿々の勝手な思い込みではなかったかと、気がついた。

二月の新春興行で芝居町にお町と連れ立って出掛けていたお花だった。行きつけの芝居茶屋から、中村座や市村座の二階桟敷に定席のあるお町である。お花も十分楽しんでいたものと思っていたが、そうではなかったらしい。

潮来でも村芝居はたつし、ときに江戸芝居の巡業もくる。お花も芝居好きではあったが、芝居茶屋を通しての一日がかりの芝居見物は、性に合わなかったらしい。

「できれば今度の梅見も……あたし、宿の手伝いをさせていただきたいんです」

お花は、すまなそうにお寿々の顔を上目遣いで見ながら呟いた。

──お町さんとは、気が合わなかったのかもしれない……。

お寿々は、よかれと思った気配りが、却《かえ》って押しつけになっていたことに気がついた。

これまでお花は、お寿々に遠慮があったのか、そうした不満は口にしなかったし、お町も取り立ててお花を嫌っているような素振りはみせなかった。

昼間は、『に』組の男衆の送り迎えで稽古事にかよっているお町も、こんどの梅見は楽しみにしていて、船を仕立てて向島の水路を梅見に出掛け、百花園《ひゃっかえん》から亀戸の梅屋敷を巡り、帰りは葛西太郎《かさいたろう》で食事をとり、大川を戻ってくる計画をたて、お寿々にも誘いをかけていた。

お寿々はその当日、預かり人の差添《さしぞえ》（同行）で勘定奉行所へ行くことになっていたので、丁重に断ったばかりである。

「そう……お花ちゃんの悩みも知らずに、あたしとしたことが……」

お寿々も途方にくれてしまった。

「でも、せっかくだから、寄るだけ寄ってみましょう」

と、お花を促して大丸の大きな日除け暖簾を入った。

店のなかは混雑していて、大層な繁盛ぶりである。

それでも手代がすぐに現れて、二人を控えの緋毛氈《ひもうせん》の縁台に招いた。

「あら、お寿々さんじゃありませんか」

声がして振り返ると、妙齢の町娘が満面の笑顔で近寄ってくる。

「まあ、お琴《こと》さん？」

「お久しぶり！」

町娘は、お寿々の手をとってハシャいだ。

お琴は、亀井町に江戸店を出している油問屋・大坂屋《おおさかや》の一人娘で、お寿々とは同じ手習所で、少女の頃からお寿々を慕っていた娘だった。

手習所では、師匠の内儀が裁縫や行儀作法も教える。姉分の娘は内儀に代わって妹分の娘の面倒をみた。お琴は誰よりもお寿々に懐《なつ》き甘えていた。

「しばらく会わないうちに、すっかり綺麗になって」

お寿々も久しぶりの再会を喜んだ。

「せっかく、お会いしたのですもの」

お琴は、お寿々と話でもと周囲を見回したが、順番待ちの客で空き席もない。

「鈴屋にご一緒しては？」

お花が、自分の呉服の見立ては次の機会に……と目顔に含んで促す。

このままでは大分待たされそうだ。お琴はもう用事を済ませた後らしい。

「お嬢さん、そうさせていただきなさいな」

お琴の乳母が、微笑みながら口を添えた。

鈴屋の居間は、花が咲いたような賑やかさになった。

久しぶりにお寿々と会ったお琴のお喋りは、止むことはなかった。それによく笑う。陽気な娘だった。

お寿々もつられて笑い声をたてた。

和やかなひとときが過ぎて、お琴はまた来てもよいかとお寿々に甘えた。

お寿々は快く応じて、お琴を暖簾の外まで見送りに出た。

湯屋から戻ってきた宿泊人を迎えて、お寿々も公事宿の女将《おかみ》に戻り、如才なく挨拶を交わす。

そこへ、稽古帰りのお町が、鳶の若い衆《し》に送られて戻ってきた。

「女将さん。あの後ろ姿、大坂屋のお琴さんじゃ、ありません？」

「ええ。お町さんのお友達？」

「いいえ。三味線のお師匠さんが同じなんです。稽古の日が違うもので、普段は顔を合わせることもないんだけれど、娘弟子のなかじゃ一番の上手で、それに、あの美しさでしょう？　あたしもお友達になりたいと思っていたけれど、なかなか機会がなくて」

「まあ、そうだったの」

お寿々は、お町と暖簾を潜って玄関に入り、ふとお花の悩みを思い出した。

「今度の梅見に、ご一緒してはどうかしら？」

「わあ、それは願ってもないことだわ」

お町は声を弾ませた。

「女将さんから、先方の都合を伺っていただけます？」

「ええ。お安いごようです」

お寿々も笑顔で応じた。

お琴が快く応じてくれれば、まさに渡りに船である。

梅見は数日後に迫っていた。

――お花ちゃんも、これで肩の荷が下りるかもしれない……。

お寿々も、その気になった。

暮れ方になって、お町は鼻唄まじりで湯屋へ出掛けていった。

ふだん内湯に馴れたお嬢さんも、仮住まいの身では我が儘も言っていられない。

その姿が、お寿々の微笑を誘った。

四

時ならぬ轟音が、初音の馬場一帯を揺るがしたのは、その夜のことである。

両国橋の北西、吉川町から派手な花火が打ち上がった。

大川の空を彩る花火の季節ではない。

吉川町には花火師『玉屋《たまや》』があって、ようやく試作にとりかかっている時期である。何の不始末からか引火して、屋根を貫き尺玉が次々に夜空に打ち上がった。

火薬がさらに炎の勢いを広げ夜空を焦がしている。

初音の馬場の火の見櫓は、「擦り鳴らし」で急を告げていた。

たちまち野次馬が殺到し、馬喰町の公事宿の逗留客たちも往来に飛び出す。鈴屋も大騒ぎになった。

「どいた、どいた！　どいたっ！」

一番組『に』組の町火消したちが出動してくる。

お寿々は、湯屋に走った。

お町がまだ戻っていない。気が気ではなかった。

お花も後に続いた。

膨れ上がる野次馬に巻き込まれて、お寿々は行く手を塞がれた。

「いません!」

お花が、すでに空になった女湯から出てきて、お寿々に走り寄った。

二人は必死になってお町を捜しまわった。

野次馬の人垣のなかで、お町はウットリと炎の屋根で翻《ひるがえ》る纏振りを眺めていた。

——健次さん……。

纏持ちの健次が馬簾《ばれん》を巻き上げ纏を振りあげている。

傍らに猫頭巾の火消しが一人、手桶で下からくみ上げられてくる水を健次に浴びせていた。健次は猫頭巾は被らず刺《さ》し子半纏《こばんてん》を片肌脱ぎにして奮闘している。

竜吐水《りゅうどすい》の消火もおぼつかない。に組は破壊消防にとりかかって怒号を挙げた。

屋根を突き破って健次の背で打ち上がる花火が、雄姿を浮かび上がらせていた。

「健さん……！」

頰を火照《ほて》らせるお町の口から、ため息まじりの嘆声があがった。

お町の胸は、興奮で引き千切られそうだった。

紅蓮の炎より、なお烈しい恋情が燃え上がっていた。

やがて町奉行所の与力が出動してきて、野次馬は追い払われた。

それでも野次馬は遠目に火事場を囲んで、なかなか立ち去ろうとはしなかった。

夜半になって、花火も打ち上がらなくなった頃、ようやく野次馬が引きはじめた。

「お嬢さん、お町さんが戻りました」

お梶が、お寿々を捜し当てて、に組の土手組の一人に守られながら担ぎ込まれたことを告げた。

「怪我は⁉」

「ありません。大丈夫です」

それを聞いて、お寿々はようやく胸をなで下ろした。

鈴屋に戻ると、慎吾が寛十郎と待っていた。

「これで全員、戻ったか」

「ご心配をかけました……」

お寿々は、吉兵衛に宿泊客の無事を確かめた。

寛十郎が苦々しげに溜め息をついた。

「よりによって玉屋とはな……人騒がせにも程がある……」

忘れた頃に、また火の手があがる。町奉行所では火の用心を徹底させていたから、失火はまず考えられない。

「付け火なのでしょうか……？」

お寿々も不安を募らせる。

「とっ捕まるまでは、止むことはあるまい……」

慎吾も放火と断定したようだ。

火事は深更になって収まった。湿気を含んだ牡丹雪《ぼたんゆき》が降りだしたからである。

『雪の果て』とよばれる最後の降雪だった。

「この次は、大火になるかもしれねえ……」

慎吾は不吉な思いで、鎮火の半鐘を聞いていた。

お町は、見舞いに顔を出したお寿々が部屋を出ていってから、布団のなかでまんじりともせずに新たな興奮に身を焦がしていた。

健次の纏振りが瞼《まぶた》の裏に鮮やかに浮かびあがっていた。

恋しい健次の声を聞かなくなってから丸二年が経つ。

間近で顔を合わせる機会もなくなっていた。

――ああ、健さん……！

お町は、布団のなかで一人身悶えして、乳房を強く握りしめた。

健次がまだ土手組で、増田屋に出入りしていた頃は、毎日のように顔を合わせていた。に組の頭取は増田屋の主人に特に贔屓《ひいき》にされていたから、若い衆のなかでも取りわけ気の利いた者をつけて機嫌を取り結んでいた。

花見や涼み船の宴には頭みずから増田屋の供をつとめ、店先の護衛番には他の店よりも多めにつけた。

内儀や娘の外出にも、気《き》っ風《ぷ》のいい美男を選ぶほどだった。

そしてお町の目に止まったのが健次だった。

芝居見物といっては供をさせ、花見といっては自分の専属のように傍から離さないようにまでなった。

連れて歩くだけで、町娘たちが振り返った。お町は優越感に浸った。

お町も年頃である。いつしか健次に恋心を抱くようになり、熱い思いを募らせ健次の気を引こうとした。

健次は律儀な若者だった。お町の色目に靡《なび》こうとはしない。いつか立派な町火消しになることが若い土手組の夢だった。

ついに、お町は健次を出会茶屋に誘うまでになった。

「ねえ、お願いよ。あたしはもう、寝ても覚めてもお前のことばかり……」

言い寄ったが、健次は辞を低くして断るだけだった。

「あっしに、そんな大それた真似はできやしやせん。頭にバレたら組を追い出されてしまいやす。どうか、それればかりは、許しておくんなさい」

身を引かれれば引かれるほど、お町の恋心は募った。

そんな或る日、健次がふっつりと店に顔を見せなくなった。

「お父っつぁん、どういうこと?」

お町は、傍目《はため》もはばからず父親に迫った。

「頭のところにも事情があるのさ。行く行くは纏持ちに引き上げるつもりらしい。土手組から平火消し人足になって、修行に入ったのだろう」

と父親は気の毒そうに言ったが、娘の挙動を知らぬはずはなく、『間違い』を起こさせぬためだった。

それからお町は健次の顔を見ることが出来なくなった。

ところが半年ほどして、町娘のお供をしている健次を両国橋で見かけたのである。

「どういうことなのよ！」

お町は、健次の代わりにつけられた土手組の一太《いちた》に食ってかかった。彼も、それなりの男振りだったが、健次には遠く及ばない。

「そいつァ……」

言い淀む一太に、お町は簪《かんざし》や小遣いを与えて訳を聞き出した。

お町の攻勢に閉口した健次は、頭に頼み込んで町入用の出入り先を替えて貰ったらしい。

「許せないわ！　みんなして、あたしを騙していたのね！」

健次が供をしていたのが、大坂屋のお琴と知って、お町はますます許せなくなった。稽古の日は違うが、同じ三味線師匠の弟子だったからである。

しかも美人で、三味線の腕も町娘の弟子では一番と噂のお琴に、お町は激しく嫉妬《しっと》した。

「お父っつぁん！　健次さんを、あたしに返して！」

お町は父親に談じこんだ。

「そんなはずはないんだが……」

うろたえた父親が「に」組の頭に泣きついたらしい。

やがてお琴のお供も、健次から別の若者に代わっていた。

今度は本当に土手組を外れたようだ。一太の話で健次は平人足に加えられたのが分かった。町火消しは六段階の身分に分かれていて、頭取、小頭、纏持ち、梯子持ち、桶人足、平人足の順になる。

火事でも起こらない限り、お町は健次の顔を見ることも出来なくなった。

それから一年して、お町は健次の姿を見た。

橘町の火事場の屋根で、颯爽と纏を振り上げていたのが健次だった。

――健さん……！

お町の恋心に再び火がついた。

健次はまだ二十歳を越えたばかりである。その若さで栄えある纏持ちをまかされる者は少ない。

浅草の十番組『を』組の辰五郎《たつごろう》以来の快挙だった。

この年、辰五郎は火事場の消口を巡っての大名火消しとの喧嘩で、石川島の人足寄場送りになっていた。

後に幕末の上野山・彰義隊《しょうぎたい》戦争で、江戸の大火を防ぐために町火消しを結集した新門《しんもん》辰五郎の若き日の出来事である。

まさに「火事と喧嘩は江戸の華」を体現した辰五郎が、健次の理想の纏持ちだった。その勇み肌が江戸っ子たちを熱狂させていた。

そんな事情もあって、「に」組の持分で火事があると江戸中から物好きが見物に押しかける。両国橋を渡って本所方面からも野次馬がくる有り様で、健次の人気は町娘に止まらない。

迷惑千万なのは町奉行所で、寛十郎も慎吾も苦りきっているのだ。

まさか、恋に焦がれた町娘が放火しているとは思いも寄らない。

かつて八百屋《やおや》お七が、避難先の寺小姓に会いたいばかりに放火した事件は風化していて、まさか同類の放火があろうとは誰も考えてもいない。

お町は、稽古帰りに偶然「に」組の纏持ちになった健次の姿を見て、胸を熱くした。

——火事があれば、健さんに会える……！

お町は、その衝動を抑えきれず、ついに実家の付け火に及んだ。

燃え盛る自分の生家の屋根で纏をふるう健次の姿に感涙さえ流した。

その姿見たさに、お町は「に」組の持分の町内で放火を繰り返してきたのだった。

その手先となったのが一太だった。

「あたしの秘密を守ってくれるのなら……」

出会茶屋で帯を解いてもいいと仄《ほの》めかした。

一太は、大の博打《ばくち》好きである。元手はふんだんにお町から貰えるので、放火のお先棒を担いでいる。馬喰町名物の付け木を買いあさって蓄えていた。

付け木は先端に硫黄《いおう》が塗ってあり、後の燐寸《マッチ》のようなもので、一時は贅沢品として禁止されたが、この当時には便利なこともあって巷に出回っている。お町の差し金で放火して回る一太にとっては、又とない引火材だった。

それにしても、今夜の健次の纏振りの恰好よさはどうだろう。打ち上がる花火を背に、まるで錦絵の千両役者そのものではないか。

——ああ、健さん……！

お町は、興奮に汗ばむ乳房を、また強く握りしめた。

あの胸に飛び込んで、息の止まるほど抱きしめられたい。間近に迫る鬢《びん》のほつれ毛が炎に煽られて、凛々《りり》しい切れ長の目がお町を見つめている。

お町は泣きそうになるほど胸が締めつけられ、切なくなった。

——誰にも渡したくない……あたしだけの健さん！

いっそ、このまま炎に包まれて燃え尽きたい。

お町は、その夢想にうっとりした。出会茶屋に誘っても断られた身である。この世で晴れて思いは遂げられない。ならばいっそ炎のなかで抱きついて無理心中ができたら、どんなに嬉しいことだろう……。

お町は、その妄念に取り憑《つ》かれていった。

五

「まさか、八百屋お七じゃあるめえし……」

慎吾は、寛十郎と神田堀沿いを連れ立って歩いていたが、橋本町の願人坊主が玉屋の火事の夜に路地裏を走ってゆく振袖の女の後ろ姿を見たという情報に眉をひそめた。

「袖頭巾を被っていたし、夜目でもあったから顔までは分からなかったそうだが……野次馬が押しかける前だったたてえからな」

寛十郎は、こだわっていた。

「健次の纏振り見たさに熱をあげている町娘は大勢いる。後先もかまわず付け火に及んだ不心得者がいたとしても不思議はねえ」

「付け火は火あぶりだぜ。野次馬はともかく、そこまでするものかな」

「恋は盲目って言うからなあ……」

「とすりゃあ、健次に思いをよせてフラれた娘か。それこそ十指に余るんじゃねえのか」

「しらべてみるだけのことはあるさ」

慎吾は気が進まなかったが、ありえないことではない。ただ、若い身空《みそら》で市中を引き回しの上、火あぶりになる娘の姿なぞ見る気にはなれなかった。

町娘でも振袖を日常身につけているのは大店の娘に限られる。だが「に」組の持分の町内だけでもかなりの数になるはずだった。

「いっそ、健次に心あたりを聞いてみたほうが早いんじゃないのか」

「俺もそう思ってな、これから『に』組に顔を出してみようと思う」

「仮に振袖の娘の仕業として、一人でやったとは思えねえ。誰か手を貸した男がいるんじゃねえのかな……」

慎吾は思案を巡らして、

「火の手の廻りの手際よさからすると、よほど手慣れたやつだ。付け木を使ったのかもしれねえ」

馬喰町一帯には「付け木」を売る店が多かった。店売りもするが、老爺や婆が町を行商して売り歩いてもいた。軽いせいもあるが大した稼ぎにはならない。

「俺は、付け木屋のほうから手繰《たぐ》ってみよう」

二人は神田堀が浜町堀に折れるあたりに来て、二手に分かれた。

お町は、岩井町の行きつけの小間物屋に簪《かんざし》を買いに行った。

お寿々の仲立ちで、今度の梅見にお琴が快く同行を承知してくれたときいて、新しい簪が欲しくなった。お琴には負けられないという意地がある。

岩井町から橋本町にかかる路地に矢場があり、矢場娘の嬌声と当たり矢の太鼓《たいこ》の音が聞こえていた。

お町は何気なく足を止めた。

「に」組の半纏を羽織った鳶の者が二、三人、笑い声を上げて路地に折れてゆく。場所柄このあたりは火消し相手の矢場や飲み屋が散見する。神田川に向かう豊島町の路地には出会茶屋もあって、怪しい一帯でもあった。

まだ土手組だった健次を誘って断られた、苦い記憶のある界隈である。

と、半纏の背に『纏』を染め抜いた男の後ろ姿が目に入った。

「……！」

お町は、心の臓が止まりそうになった。

——健次さん……!?

思わず小走りに後を追っていた。

健次とおぼしき若者は小走りで先を急いで、何度か路地を折れ曲がってゆく。

見失って、お町は泣きそうになった。

必死で捜し回っていると、袖頭巾に振袖姿の女の後ろ姿が『纏』半纏の男と手に手をとって路地に折れる姿が飛び込んできた。

お町の心臓は凍りついた。足が竦《すく》んだ。

椿の花柄をあしらった振袖に見覚えがある。

――お琴さん……⁉

撫で肩の小柄な体つきは、お琴に違いなかった。

二人は路地に消えた。お町は体中の血が逆流するのを覚えた。

必死に後を追った。が、二人の姿はなかった。路地の両側に出会茶屋の裏口が並んで見えるだけだった。

二人が、そのいずれかに忍び込んだのは明らかだ。

――悔しい！

お町は振袖を嚙んだ。

二人は忍び逢いを続けていたのだ。

お町は駆けた。嫉妬に狂いそうだ。悔し涙が溢れて止まらなかった。

夢中で鈴屋に駆け込んだ。

階段下で拭き掃除をしていたお花に目もくれず階段を駆け上がった。

「……お町さん？」

お花の声も耳に入らない。部屋に飛び込むなり、

「わっ！」

と泣き崩れて、畳を拳で叩き続けた。

「許せない……絶対に許さない！」

お町のなかで、どす黒い復讐の炎《ほむら》が燃え上がってくる。

お寿々に、お琴との仲を取り持ってもらうようにせがんだとき、まだ形になっていなかったある意思が、明確な輪郭を見せて炎に油を注いでいた。

お琴の姿をみたとき、お町の心の底で頭を擡《もた》げたのは、お琴の名で健次を呼び出すことは出来ないか、という思いだった。

両国橋で二人を見かけたとき、二人の仲が只の土手組と出入りの店の娘ではないと直観したお町だった。

――世間を欺《あざむ》いて、土手組から火消し人足になった後も、二人は忍び逢っているんじゃ……？

と、長いあいだ煩悶《はんもん》をかこってきたのである。

それでも認めたくない思いもあって、半信半疑のまま、お町はいつか確かめてやろうと、その機会を窺ってきた。

簪と小遣いで手なずけた一太に、探りを入れてみたが、

「いえ……健次兄ィは、あれきり大坂屋さんには出入りしてませんし……お琴さんと忍び逢いなんぞ……でえいち兄ィは、火事場一筋で、女にゃ見向きもしてやせん……」

と言うのだが、なにやら歯切れが悪い。健次を庇《かば》っているのか、何かを隠しているのか、お町の女の直感には引っ掛かるのだ。

そして鈴屋で、お琴をみてから、胸に秘めた妄念が頭を擡《もた》げたのだ、お寿々の取りなしで、お琴と親しくなれる。梅見まで一緒に行こうということになった。お琴から健次に寄せる思いを嗅ぎ出せるかもしれない。

——あたしの直感に間違いなければ……。

その時こそ、お琴の名で健次を誘い出そう。

健次を誘い出してどうするか……。

無理心中しかなかった。それも紅蓮の炎のなかで。何度も思い焦がれた光景だった。

泣くだけ泣くと、お町の頭は冴え渡ってきた。

——これが最後になるかもしれない……。

いつまでも火事場の健次の雄姿を眺めるために付け火を続けていても、思いは遂げられない。

「あたし一人の健さんに……！」

思い焦がれた男を一人占めするには、炎の中で無理心中するしかなかった。お琴を拘束しなければならない。そして、お琴の振袖を着て袖頭巾で顔を包みお琴になりきる。健次のもとへ一太を使いに走らせる。出会う場所は火事場でなければならなかった。健次に気づかれる前に抱きついて、一思いに簪で刺す。あとは遮二無二《しゃにむに》しがみついて炎のなかで共に果てる。

燃え盛る炎のなかだ。もう誰にも邪魔はさせない。

そこまで思案を巡らすと、お町は姫鏡台に向かって入念に化粧を始めた。

――綺麗にならなくちゃ……。

せめて最後の瞬間は、健次をハッとさせるほどに美しくならなければならなかった。お琴に負けてなんかいられない。あたしから逃げたことを後悔してもらわなければならなかった。

――あとは……どこに火をつけるかだわ……。

お町は姫鏡台に向かって入念に顔をつくった。目尻に微かな朱をいれた。

# 六

「あの……お町さん？　下にお琴さんがお見えになってますけど……」

夕暮れ近くなって、部屋の外でお花が遠慮がちに声をかけてきた。

「まあ、ほんとう？」

お花にしてみれば、お町が只ならぬ様子で部屋に駆け込んだのを見ているだけに、返ってきた弾んだ声は意外だった。

「梅見のことで、ご相談が……と」

「ありがとう。すぐ行きます」

お花は、小首を傾げながら階下に下りて、心配そうに立っていたお寿々にお町の様子を伝えた。

「そう。それはよかった」

お寿々も、お花から聞いていただけに不安な面持ちでいたのだ。

ほどなくしてお町は下りてきて、居間に入った。

腹のなかは煮えくり返る思いだが、お町は努めて笑顔を装った。

「梅見の日ですけれど。屋根船はお町さんが仕立てて下さるということですので、せめて葛西太郎の宴席は、わたくしどもでと、お父っつぁんが言うものですから」

「え？」

「当日は、大坂屋さんも、お店の奉公人総出で梅見に出掛けるそうなんですよ」

お寿々が、にこやかに補足した。

「それで、どうせならお料理の席はご一緒にと」

「まあ。それは有り難いわ。お言葉に甘えさせていただきます」

お町は笑顔で応じた。

お琴の椿をあしらった振袖が、お町の胸に突き刺さってくる。

――よくもまあ、いけしゃあしゃあと、あたしの前に顔を出せたものだわ。

と思わず笑顔も引きつりそうになるのを、お町は必死にこらえた。

「お琴さんの振袖は綺麗ね。あたしも、椿の柄模様のを新調しておけばよかった」

と精一杯の皮肉をこめた。むろんお琴に通じるはずもなかったが。

「うちは代々、椿が好きなんです。お町さんの梅模様のほうが、ずっと綺麗」

と、お琴は世辞は抜きで褒《ほ》めた。

装いの話題になると女はきりがない。

「お琴さんは、梅見にも椿で？」

「ええ。これとは別のものですけど、お町さんの鮮やかな梅を拝見して、あたしも梅柄を一枚つくりたくなりました」

「まあ、だったら、その日は交換して着ることにしません？」

「嬉しいわ」

お琴は、心底楽しそうにお寿々を振り返って目を細めた。

お琴に、梅柄の振袖がないわけではない。だが火事で焼け出され鈴屋に仮り住まいのお町と親密になれるならとの、お琴の思いやりだった。

話は纏まって、お琴は上機嫌で帰っていった。

お町は部屋に戻って、興奮さめやらぬ顔を姫鏡台に映した。

「神様は、あたしに味方してくれている……」

そう思うと、紅をさした唇も綻《ほころ》んでくる。

梅見当日、大坂屋は総出で出払っていることになる。振袖もお琴のものと交換することが決まった。お町の思いを遂げるように神様が手を貸してくれているとしか思えなかった。

——火を付けるのは大坂屋……。

しかも油問屋である。お町の思いは半ば成就《じょうじゅ》したも同然だった。

お町は、腹の底からこみあげてくる笑いを抑えきれなくなった。

お町は腹を抱えて転げ回った。

多門慎吾は鈴屋に立ち寄った。情報交換のために寛十郎と落ち合うこともあるが、真っ直ぐ八丁堀の組屋敷に帰ると、義母の多貴から後添えの縁談話を持ちかけられる。

慎吾は気が重い。かといって下戸《げこ》なので居酒屋で時間を潰すこともできないから、しぜんと鈴屋に足が向いてしまうのである。

お寿々も心得たもので、まるで亭主が帰ってきたように自然に振る舞う。

慎吾にとっては、どこよりも気の休まる隠れ家だった。

裏庭で雀が啼《な》き騒いでいた。

「つがいが巣を作っているんですよ」

お寿々が障子を開けて、椿の咲く庭を指さした。

立春から六十日目あたりが椿の見頃である。牡丹雪のなかで蕾《つぼみ》を開きはじめると、雀が巣作りを始めるのだ。

庭の日陰に残っていた雪のなかで真紅の花弁が咲き匂っていた。

「いよいよ春だな……」

慎吾は、お寿々が出した茶を啜《すす》りながら庭の椿を眺めていた。

しばらくして寛十郎が顔を出した。

「やっと健次を誘い出して聞いてみたが、心当たりはねえという」

忌《い》ま忌《い》ましそうに炬燵に入り込んだ。

「俺のほうも、捗々《はかばか》しくはねえ」

付け木屋の聞き込みも大した収穫はなかった。

寛十郎が、雀の啼く庭の椿に目をやって、

「例の、願人坊主が吉川町の路地で見かけた娘の振袖だが……赤い花柄のようだと言ってたっけ……」

「椿か？」

「はっきりそうとは憶えちゃいねえようだ。なにせ一瞬のことだったしな」

「この時節に椿の振袖は珍しくはない。新調したものなら呉服屋を当たってみる手もあるが……」

慎吾は溜め息をついた。二人は行き詰まっていた。

お寿々は落ちつかない思いで二人のやりとりを聞いていた。

椿の柄の振袖で、お琴を思いだしたのだが、寛十郎たちが不審に思っている娘とは重なってこない。第一、お琴には火付けをする動機など考えられなかった。

梅見の装いで女同士話が弾んだとき、縁談の話が出た。

お琴には幾つかの縁談が舞い込んでいて、「振袖を着ていられるのも今のうち」と言えば、お町も今年のうちには縁談が整うかもしれないと話が弾んだ。

梅見のときの椿の振袖の交換話が頭に浮かんだが、お寿々は言いそびれた。お琴に余計な嫌疑がかかるのは気の毒だったし、事件に関係なければ男にとっては退屈な話題に違いない。


「お嬢さん……もう、勘弁しておくんなさい……!」

一太は、稽古帰りのお町から梅見の日の『決行』を持ちかけられて、泣きそうな顔で手を合わせた。

橘町の路地の柳の木の下。鼻緒のすげ換えを装いながら、お町はついに胸のうちを明かしたのだ。

行き交う人の目に怯えながら、一太は出来ることならその場を逃げ出したかった。

「これっきりよ。もう二度と、お前に無理は言わない」

と、手にした金子の包みに簪を添えて握らせた。

なかには乳母に届けさせた今度の梅見の費用や、小遣いが含まれていた。屋根船を仕立てたりの必要な経費を差し引いても十分な額が、ズシリと一太の掌に伝わる。

「最後に、あたしの有りったけのものをあげる……」

身の回りの簪類の全てを与えると口説いた。

一太は、賭場に多額の借りがあった。土手組の身では到底出入りなど出来ない賭場に顔を出せるのは、お町からふんだんに金目の物や小遣いを貰えたためである。町火消しが出入りする賭場は避けた。頭に知れれば即、組を追い出される。

それで定火消しのガエンの賭場に出入りしていた。

ときには消口《けしぐち》を争って喧嘩にもなる犬猿の間柄のガエンの賭場に誘いこまれたのは、一太が大店の町娘を金蔓《かねづる》にしていると睨《にら》んだガエンに目を付けられたからだった。

当初はバカつきで勝ちまくったが、半年もしないうちに負けがこんだ。これがガエンたちのやり口だと気がついた時にはもう遅かった。

組の仲間に打ち明けるわけにもいかず、ずるずると深みに嵌《は》まった。借金が返せなければ簀《す》巻《ま》きにされて大川に沈められる。

切羽詰《せっぱつ》まった一太を救ったのは、お町の言いなりになって火付けをすることだった。健次によせるお町の気持ちに初めのうちは同情していた一太だったが、こともあろうに自分の家に火を付けてくれと頼み込まれたときには、さすがに驚いた。

「そうでもしなけりゃ、健次さんに逢えないじゃないの……」

思い詰めたお町に簪と金包みを握らされ、一太は借金苦から逃れるために火を付けたのだ。燃え上がる増田屋の屋根で纏を振り上げる健次の姿を見て、お町は興奮していた。

——恐ろしいお嬢さんだ……。

言われるままに付け火をした一太は震えあがった。

幸い大火にはならず、人死にが出なかったのだけが救いだった。

しかし、お町は二度目の付け火をせがんだ。

借金を返しきれない一太は、薬研堀八幡裏の料亭に火を付けた。そこは、かつて一太が土手組の一人として出入りしていたところだった。火の気の立てやすい場所は知っていた。火の手が上がったあと、逃げ惑う奉公人たちを誘導して両国橋の火除け地に逃がすのに一役買った。

誰も一太を怪しむものはいなかった。土手組とはいえ「に」組の人足である。よもや火付けの犯人とは誰も思わない。

そして三度目が吉川町の玉屋の付け火である。

「もう、これきりにしやしょう……」

根は小心者の一太である。お町は帯を解くとまで仄めかしたが、命あっての物種だった。いつまでも付け火が発覚しないはずはなかった。

それでも一太は、お町の傍を離れられなかった。一度味をしめた手本引《てほんびき》の醍醐《だいご》味《み》は、一太が一生かかっても顔を出せない旦那遊びだった。

そして、鈴屋の前で大坂屋のお琴の姿を見かけたとき、いやな予感がした。お町が嫉妬して根掘り葉掘り訊いてきた、許しがたい恋敵なのだ。

予感は的中した。

「ほんとうに、これっきりよ。これで、おしまいにしましょう」

お町は、芝居の正本（台本）を読んで聞かせるように、一太に囁いたのだ。

「これまでうまくいったんだもの……こんどもきっと、うまくいくわ」

お町は一太の手を強く握って、目に力をこめた。

——お嬢さんは、お琴さんを殺す気なんだ……。

一太の顔から血の気が引いてゆく。

だが、お町が炎のなかで健次と無理心中を企てているとまでは思い至らなかった。

「お前だけが頼りよ……この思いが遂げられなければ、あたしは御番所に、自訴して出ます」

哀訴まじりの脅迫だった。一太は観念の目を閉じた。

## 七

江戸の町は笛や太鼓で、どこも賑わっていた。

初午《はつうま》は稲荷《いなり》の祭りで、有名な稲荷社はもとより裏長屋の稲荷まで五千は下らない。神前で神楽《かぐら》が奏され笛や太鼓が止むことはない。前日の宵宮《よいみや》から地口行灯《じぐちあんどん》が灯され、鳥居の前や裏長屋の木戸口には『正一位稲荷大明神』の大幟《おおのぼり》が立てられる。子供たちが喚声を上げて群れをなして走りまわっていた。

「稲荷講、万年講、十二灯お上げお上げにこあげ」

などと囃《はや》したてながら、家々の門口で豆や菓子を貰って歩いた。子供たちにとっては盆と正月が一度にきたような嬉しい祭日である。

二月は商家の行事も少なく、金持ちの大店は船を仕立てて梅見に出掛ける。町抱えの火消しの頭取たちが、贔屓の大店の旦那の機嫌を取り持って繰り出すのもこの日である。

「に」組の頭・雷五郎《らいごろう》は、纏持ちの健次を伴って、大坂屋の屋根船に乗り込んでいた。奉公人たちも左右の屋根船に分乗して祝い酒が振る舞われ、この日ばかりは余所行《よそゆ》きに着飾っている。

「ま、頭取。遠慮なくやっておくれ」

大坂屋の主人・浪右衛門《なみえもん》は、上機嫌で朱塗りの瓶子《へいし》を取って、手づから雷五郎に盃を勧めた。

「ほんによいお日和《ひより》で。またとない梅見になりやした」

浪右衛門は福顔の目を細めて、頭取の後ろで畏《かしこ》まって正座している健次にも盃を勧めた。

「ささ。健次さんも。しかしまあ、見違えるほどの男振りになったねえ」

と傍らの内儀を振り返った。

穏やかに頷く内儀のお千代《ちよ》は、微かにお歯黒をのぞかせて微笑んだ。

小作りな顔だちに眉の剃り跡も艶《なま》めかしい。上品な薄化粧が内面から滲む美しさを引き立てていた。四十は出ているはずだが、三十そこそこにしか見えない。なまじの町娘では到底及ばない、しっとりとした美しさが漂っている。

「お嬢さんの姿をお見かけしやせんが……？」

雷五郎は、周囲を見渡しながら言った。

「お琴は、稽古先のお嬢さんと、別に船を仕立てておりますの」

お千代が零《こぼ》れるような唇から澄んだ声で言って、手を翳《かざ》しながら川面を眺めやった。白魚さながらの美しい指である。

健次は盃を干して、眩《まぶ》しそうに内儀の顔をちらと窃《ぬす》み見てからすぐに目を逸らした。

「娘同士、話が弾んでいることでしょう。なに、葛西太郎で落ち合うことになっている」

大坂屋浪右衛門は寛ぎながら、頭取の酌を盃に受けた。

「ちょいと気になる風が吹いておりやすが……」

健次が、川面にたつ小波《さざなみ》を見て、空を仰いだ。

「おめえも、根っからの火消しだな。少しは息を抜かねえと、せっかくの梅見もおちおち楽しむこともできねえや」

と頭取が苦笑する。

大坂屋も声を出して笑ったが、健次にとっては気がかりな風だった。

お町とお琴は、柳橋から屋根船を仕立てて大川に繰り出した。

前日に届け合った振袖で、お町は椿柄の、お琴は梅柄の晴着を身にまとっていた。二人は互いに良く似合うと褒めあった。

薄縁《うすべり》の上に緋毛氈を敷きつめ、かたちばかりのお重を整えた。水が温《ぬる》んだとはいえ川風はまだ冷たい。手焙《てあぶ》りが用意され、重箱の料理はお供の一太とお琴の乳母のお竹に振る舞われ、船頭にも配った。

あたりさわりのない四方山話《おもやまばなし》に花を咲かせて、お町は重箱の菓子を勧めた。

お町の大好物だというので、お琴も断り切れずに摘んで、口に入れた。

「ええ。とても美味しいわ」

お琴は微笑みかえしたが、舌触りに微かな違和感があった。

茶を啜《すす》り、残りを飲み込んだ。お町も菓子を頬張ったが、お琴に勧めたのとは別のものだった。

屋根船が大川の半ばにさしかかった頃に、横波がきた。

船頭が、巧みに櫓《ろ》を操って遊山船の間を縫うように傾《かし》ぐ船を持ち直した。

「お琴さん？　大丈夫？」

お町が席を立ってお琴の体を支えながら声をかけた。

「お嬢さん……!?」

乳母のお竹が這い寄ってくるのへ、「大丈夫。心配しないで」とお琴は答えたが、いかにも辛そうだ。

「船酔いしたのかもしれないわ……」

お町は、背中をさすってやりながら一太を振り返った。

「お前、船酔いのお薬は……？」

「いえ。あいにく持ち合わせておりやせん」

お琴が嘔吐をもよおして苦しみはじめた。

「お嬢さん！　お嬢さん！　どうなさいました!?」

乳母がうろたえた。

その騒ぎに、たまりかねた船頭が腰の袋をほうりこんで一太に怒鳴った。

「酔止めはそのなかだ！」

一太が受けて、お町に手渡し、湯呑みに茶を注いだ。

間際に、隠し持った紙包みから粉末を溶かしこんだ。

「お嬢さん！　これを！」

差し出された湯呑みを受け取る瞬間、お町と一太の目と目が合った。

「さ、お琴さん！　お茶といっしょにお薬をのんで！」

お琴は、お町の胸に支えられながら、薬を含み、茶を呑んだ。

また激しくお琴が嘔吐をもよおした。

「船頭さん！　引き返して！　梅見どころじゃないわ！」

お町が叫んだ。

船頭は舌打ちしながら舳先《へさき》を柳橋に回した。

「ごめんなさい……お町さん。ごめんなさい」

お琴は、申し訳なさそうに何度もお町に詫びた。

「気にしないで。それより、お医者様を呼ばなくちゃ！」

お町は、一太を急かした。

「玄順《げんじゅん》先生を！」

「お町さん……玄順先生は、お父っつぁんたちと一緒です……家で、少し横になっていれば……な、なおりますから」

お琴は喘《あえ》ぎながら、お町の手を握りしめた。

「あたしが、玄順先生に、お知らせしてきます！」

乳母のお竹が叫んでいた。

「ともかく、お琴さんを大坂屋さんに担ぎこみやしょう！」

一太が言って、船を神田川河口の柳橋の船宿の船着場に接岸させた。

お竹は転がるように船着場から走り出してゆく。

ここまでは、お町の筋書き通りに事は運んだ。

玄順は、腕のいい流行り医者で、大店の抱え医者でもあった。大坂屋にも増田屋にも出入りしていて、梅見には出入り先から必ず声がかかる。梅見日和の今日も不在なのはお町の思案の内に入っていた。

だから、お琴が急病になってもすぐには駆けつけられないのは承知の上だ。お竹は玄順が大坂屋夫妻に招かれていると言ったが、落ち合う先の葛西太郎に辿りつくまでは距離も時間もある。

お町の計画は周到に練られていた。

その間に、奉公人が出払った大坂屋にお琴を押し込め、火を放つ。

火の手が上がれば、必ず健次は駆けつける。

お町の計画に狂いが生じたとすれば、大坂屋に火が回る前に、一太を走らせてお琴の名で健次を呼び寄せる必要がなくなったことだった。

人目を忍んで逢瀬を重ねる仲なら、必ず健次は駆けつけると思っていたのだが、一太の代わりにお竹が葛西太郎に走ってくれた。

一太の話では、健次は「に」組の頭取と大坂屋の梅見の供をするという。とすれば、健次の耳にも入るはずだ。大坂屋に駆けつけるころには火の手があがる。

亀井町の問屋街は大戸が下ろされた店が目立った。申し合わせたように商売を休み、奉公人を連れて梅見に出掛けていた。

お琴は、お町と一太に抱え込まれるように裏庭口から母屋に入った。

雨戸を開けると中は暗い。常夜灯の網行灯が廊下のそこここに灯っているだけだった。

「一太、今のうちよ！」

お町は、興奮に打ち震えて叫んでいた。

お琴は耳を疑った。嘔吐を繰り返し体中から力が抜けている。それでも毒素は体外に出ていたから意識は持ち直していた。

女中部屋に担ぎこまれたお琴は、不意に畳に投げ出され、一太たちは押入れを開けて布団を抱え出していた。ありったけの布団が投げ出された。

お琴を寝かしつけるためではないのが分かった。

――どういうこと!?

と思ったときは、もう遅かった。

一太に襲いかかられて手足を縄で縛られ、猿ぐつわを嚙まされて押入れに押し込まれた。

「あなたには、ここで焼け死んでもらうわ」

お町が勝ち誇ったように凄艶な微笑で見下ろしていた。

ビシャリ!

と押入れの襖が閉じられた。

闇の中でお琴は必死に身を捩《よじ》ったが、体に力が入らない。

やがて油の匂いが漂ってきた。

# 八

炎が燻《くすぶ》る音が聞こえてくる。お町たちが撒き散らした油に火をつけたのだ。

――なぜ……どうしてお町さんが、こんなことを……!?

お琴の脳裏に、不意に健次の顔が浮かびあがってきた。

お町さんは、あたしに嫉妬して、報復したのだ……と、ようやく思い至った。

――違う！　お町さんは勘違いしている！

たしかに、ひととき、土手組として自分の傍についた健次に、恋心を抱いたのは確かである。しかし健次は、そんな切ない胸の内を知っていながら、頑《かたくな》に拒んだ。

「お嬢さん……あっしには、二世を誓った女がございやす」

お琴も、見事に健次に振られていたのだった。

叶《かな》わぬ恋と知って、お琴は泣き暮らし、ついには寝込んでしまった。

それからすぐに、健次は大坂屋から外された。土手組から火事場の平人足に上がっていたのである。

お琴は、断念するしかなかった。

そんなある日。三味線の稽古の帰りに健次の後ろ姿を見た。橋町の料理茶屋に消えた。若い男であれば不思議はない。

——健次さんの想う女《ひと》は、振袖芸者……。

お琴が打ちひしがれて踵《きびす》を返そうとしたとき、健次が消えた料理茶屋に人目を忍んで走りこんでゆく椿の花柄の振袖芸者を見た。

季節柄めずらしいものではなかったが、裾に牡丹雪をあしらった縫い取りは、お琴に衝撃を与えた。それは母のお千代から譲られた振袖のなかで、一番気にいっていた振袖だった。白地と紺地と藤色地のなかで、着こなしの難しい藤色の振袖だった。

「着物負けしそう……」

ついに袖を通すことなく簞笥《たんす》の奥にしまっておいたものだ。

——まさか……。

お琴は胸騒ぎがした。

——おっ母さんと健次さんが……？

容易に受け入れられることではなかった。

お琴は、ずっとそれを胸のうちに秘めてきたのだ。

間違いであって欲しい……。面と向かって母に問いただすこともできなかった。

娘に不義密通がバレれば、母はどんな行動に出るのだろう。

表向き、父とは取り立てて不和というわけではない。大店の内儀として誰の目にも慎ましく日々を送っているとしか見えなかった。

お琴は、そのことを誰にも明かさず、努めて考えないようにしてきた。

やがて火事場で、纏持ちになった健次の凛々しい姿を見上げるたび、お琴は複雑な気持ちにならざるを得なかった。

これだけ町娘の心を騒がせる健次の胸には、母への一途な思いが燃え盛っているのだろうか……。

町娘の野次馬の嬌声を聞くたび、お琴の胸のなかには不安が渦巻くばかりだった。

――お町さんは、勘違いしている……。

どこかで、忍び会う健次と母の姿を遠目に見てしまったのだろうか……。

体つきは母娘よく似ていた。袖頭巾で顔を覆っていれば見分けがつかないに違いない。お琴はハッとなった。

——おっ母さんが、藤色地の椿の振袖を着て忍び逢っていたら……。

誰の目にも内儀とは映らない。

あたしは、おっ母さんの身代わりに殺されるのだ。

そう思うと、お町の執念の深さが今更ながらに恐ろしくなった。今年に入っての火事は、健次さん見たさのお町さんの付け火ではなかったか……。

その思いが嫉妬と一緒になって、ついに今日の付け火にまでなったのだ。

押入れの隙間から煙が入りこんできた。

お琴は噎《む》せながら芋虫のように体をのたうたせた。

半鐘が鳴れば、遅かれ早かれ「に」組の健次は駆けつける。

こんどの梅見に振袖を交換したことが悔やまれた。

——お町さんは、あたしになりすまして、健次さんと無理心中する気なんだわ！

お琴は渾身の力を振り絞って、押入れの襖に体を打ちつけた。

健次がそんな目に遭えば、母も生きてはいないだろうと思った。

お寿々は、菓子折りを携えて横山町のお豊を見舞っていた。

　あれから吉兵衛は、養生も快方に向かったと言っていたが、お寿々に余計な心配をかけまいと取り繕《つくろ》ったのかもしれず、自分の目で確かめてこないことには落ちつかなくなったのである。

　幸いお豊は血色もよくなり、恐縮しきりでお寿々を迎えた。

　寝込んでいるよりは稽古場で、若い娘を相手にしているほうが気が紛れるのだと、お寿々の心遣いに応えて微笑んだ。

　弟子の町娘の話題になって、お琴の筋のよさを頻《しき》りに褒めるお豊は、

「母親の血なんでしょうねえ。あたしなんかよりは、よっぽど上手《うま》いのに、あんなことがあってから、三味線も踊りもぷっつりやめて……いまではすっかり大店の内儀《おかみ》として女奉公人をまとめてますけど、勿体《もったい》ないことです」

　お豊がしんみりと話す。お琴の母親のお千代は、昔、橘町の振袖芸者で板頭を張っていたお豊の姉芸者だったという。

「あたしに手ほどきしてくれたのは、お千代姐さんだったんです」

　お寿々は、手習所に通っていたころに何度かお琴の母と会ったことがある。商家の内儀にしては垢抜けた美しい女性だった。もと振袖芸者の売れっ妓だったとすればそれも合点がいく。母娘というより姉妹のような若々しい内儀だった。

「そういえば、ずいぶん綺麗な人だったのを思い出します」

「でしょう？　お琴さんよりずっと綺麗でした。歳を重ねてまた一段と美しくなったような気がします。母娘並んで歩いても、男の人の目は今でも姐さんのほうに向くんじゃないかしら……」

久しぶりに同年輩の話相手と二人きりになったせいか、今日のお豊は饒舌《じょうぜつ》だった。お寿々とは二度目で、気心も合うとわかって、つい口も軽くなる。

「大坂屋の旦那は、ずいぶんご執心でね。最初の内儀さんを早くに亡くして、後添えに迎えたいと随分通ってきたものでした。でも、当時、お千代姐さんには二世を契った男《ひと》がいたんです。『に』組の纏持ちでした」

「……」

「それが一帯を焼いた大火のさなか、必死に消口を守って、炎のなかで纏と一緒に最期を遂げました。姐さんは、しばらく脱け殻のようになってしまって、勤めもやめてしまいました。かといって身寄りがあるじゃなし、大坂屋の旦那に拝み倒されて、やっとその気になって後妻に入ったんです」

「……そんなことが」

「それから二度と三味線を持つことはありませんでした。昔を思い出すからって……それで、あたしが吉兵衛さんに引き取られて稽古場を始めたのを知って、お琴ちゃんを預けてくれたんです」

「そうでしたか。増田屋のお町さんが、ずいぶん悔しそうに言ってましたけれど……おっ母さんの血筋じゃ敵いませんね」

「お町さんといえば、鈴屋さんに仮住まいとか？」

「ええ。火事で焼け出されて、しばらく両親とは別々になりましたが、よほど江戸を離れたくなかったんでしょう。寂しがる様子もなく芝居見物や稽古ごとに日々を過ごしています。そういえば今日も、お琴さんと梅見に出掛けています。仲よくなってくれるといいけれど……」

「お寿々さん、そのお町さんのことだけど……あたし、少し気にかかることがあるんです」

　言って、お寿々の顔を見ながら、しばし言い淀んだ。

「に組の健次さんが、町娘の人気になっているのはご存じでしょう？」

「ええ」

「他の娘《こ》が、健次さんのことを話題にすると、とても不機嫌になるんです。まるで自分の思い人を取られたように……」

「……？」

「健次さんが土手組のころに、増田屋さんに出入りしていたことがあって、どうも、その頃からお町さんは恋心を抱いていたようで。無理やり離されたのを恨みに思っているらしいんです。気にかかるのは、健次さんが纏持ちになる前に、大坂屋さんに出入りしていたことがあって、お琴さんと今でも親密な仲なんじゃないかって疑っているフシがあります……」

お寿々は、胸騒ぎがしてきた。

「お町さんは活発なよい娘だけれど、負けん気が人一倍強くて、三味線の腕で悔しがっていただけではないような気がするんです」

「それじゃ……お琴さんに悋気《りんき》していたと……？」

「ええ。幸い稽古の日が別々なので顔を合わせることもなかったのですけれど、もし、そうなら、なにかとんでもないことになりそうで、あたしも気になっているんです」

「でも今日は、仲よく梅見に出掛けています。これまでも楽しそうに話を弾ませていた二人でしたから、あたしは、そんな事情があったなんて思いもよりませんでした」

二人の仲を取り持ったのはお寿々だった。

「思い詰めると何をしでかすか分からない娘のようで気になるんです」

そしてお豊は、声を低めて、言い辛そうに、

「こんなこと、誰にも言えるものじゃありませんけど……今年に入ってからの火事騒ぎ……その前後のお町さんの撥捌《ばちさば》きが異常で……」

「と、言いますと？」

「その、異常に気が昂っているんです。とくに火事の前の日など……」

「お豊さん……まさか？」

「ええ。わたしも勘繰《かんぐ》りたくはないけれど……健次さん見たさにとんでもないことをしたのではないかと……心配で心配で……かといって御番所に駆け込むわけにもいかず、ずっと気に病んでいたんです」

お寿々は腰を浮かした。

「お寿々さん？」

「お豊さん、もしそうなら、これ以上、大それたことは止めなくてはなりません……お豊さんから聞いたことは世間には決して漏れないようにします。あたしに任せてください」

お寿々は、辞去の挨拶もそこそこにお豊の家を飛び出した。

心なしか風が強くなってきたような気がする。

――慎吾さまのお耳に入れなくては……！

お寿々は小走りに馬喰町を目指した。

慎吾と寛十郎が、吉川町の火事のとき、椿の振袖の不審な女を話題にしていたことが思い出された。

とすれば、付け火はお琴の仕業とも思われる。お豊はお町を疑っていたが、土手組時代の健次と引き離された事情は二人とも同じだ。

どちらにしても、これ以上の過ちを犯させてはならなかった。

馬喰町の表通りに出たとき、付け木屋から一人の町同心が出てきた。

「慎吾さま！」

声に振り返った慎吾は、血相変えて走りこんでくるお寿々が転びそうになるのを抱き受けた。

「どうした？」

お寿々は、喘ぎ喘ぎ、混乱したままの不安を告げた。

「それで、お町とお琴は？」

「今頃は、亀戸の梅屋敷の梅見を終えて葛西太郎かもしれません」

「よし。寛十郎に知らせて、手先を張りつかせよう」

慎吾はお寿々を抱えこむようにして鈴屋へ急いだ。

「お琴かお町の、いずれかに付けられた『に』組の土手組に、一太という名の若い者はいねえか？」

「……お町さんのお供について、鈴屋にも何度か顔を見せた若い衆です」

「そうか」

「一太さんが何か？」

「付け木屋の聞き込みで、普請場の鉋屑《かんなくず》を付け木屋に横流ししていた男が判明した。『に』組じゃ土手組に湯屋の焚《た》き付けに回させていたそうだが、それを随分前から小遣い稼ぎにしていた太え野郎がいた。つい今し方わかったことだが、小遣いの代わりに付け木を受け取っていた者がいた。それが、一太だ」

「それじゃ……!?」

お寿々はますます頭のなかが混乱してくる。一太が火付けに手を貸していたとすれば、やはりお町だったのだろうか？

付け木は、縦四寸横二寸の薄い木片を一枚として束ねたものを売りに出す。材料は杉、松、檜《ひのき》といったもので普請場の鉋屑も利用できた。先端に硫黄を塗ったもので、これを細く千切って竈《かまど》や風呂釜の点火材にするのである。

付け木売りそのものが大した商売にならないから、一太もお町に付けられるまでは小博打の元手にしかならなかったのだろうが、今は付け火になくてはならぬ必需品である。密かに買いあさる一方で、昔の顔なじみの付け木屋の親父に普請場の鉋屑を持ちこんで、付け木と交換していたらしかった。

慎吾が鈴屋の前まで来たときだった。

間近の初音の馬場の火の見櫓で、半鐘が打ち鳴らされた。

「慎吾！」

馬場のほうから走りこんで来たのは寛十郎だった。

「火元は⁉」

「亀井町らしい！　西の小伝馬町とはそう遠くはねえ。火の手が広がると大騒ぎになるぜ！」

はや往来には公事宿から野次馬が飛び出していた。

「お寿々、誰も宿から出さねえようにしろ。念のため下代部屋の帳面をいつでも運び出せるようにしておけ。いつ風向きが変わらないともかぎらねえ！」

慎吾は言い置いて、寛十郎と煙の上がる方角を目指してひた走った。

「俺ァ無駄足を承知で、柳橋の船宿に椿の振袖の梅見客が船を仕立てて繰り出したか聞き込みに回っていたんだ！」

寛十郎は走りながら、半鐘の音に負けない大声で喚いた。

「そしたらな、小半刻（三十分）ほど前に、具合が悪くなって引き返してきた遊山船があった。振袖の娘二人と乳母と土手組の若い者だったそうだ。一人は椿の振袖だ！」

「娘の身元は⁉」

「増田屋の娘だそうだ」

「お町は、鈴屋に仮住まいだ」

「それじゃ⁉」

「お琴の家だ。大坂屋は主人夫婦以下、奉公人総出で梅見に出払っている！」

「なんだと⁉　油問屋か！」

二人は、往来に溢れだす野次馬を掻き分けながら、上空で不気味に唸る東南風《やませ》の音を見上げた。

# 九

時は少し前後する。

健次は、お竹の急報を得て猪牙舟《ちょきぶね》で大川を滑るように神田川の河口に入った。そのまま新シ橋の南詰めの船着場を目指した。

お琴が急病と聞いて、大坂屋夫婦と奉公人たちは大騒ぎになった。

「あたしが様子をみてきます。お重の食中《しょくあた》りかもしれません。命に別条はないでしょう。旦那様たちは、このまま宴を続けて下さいまし！」

気丈に言ったのは内儀のお千代だった。

「あっしが、お供いたしやす」

健次が、お千代の手を引いて屋根船に飛び乗った。

肝心の玄順は、梅見酒を過ごして酔いつぶれている。

薬箱を預かった健次は、お千代に付き添って励ました。

「お嬢さんたちには一太もついています。よほど具合が悪けりゃ、他の町医者を呼びに駆けずりまわってまさあ」

一太は健次が面倒を見ていた弟分だった。博打に溺れさえしなければ気のいい若者だった。何度も忠告したが、健次の目を盗んで賭場に出入りしているようだ。

「このまま土手組で終わっていいのか」

事あるごとに諭してきたが、お町の供につけられたと聞いて、健次もそれ以上
踏み込めなかった。お町の執拗さからやっと逃れた身である。

小心者だが、気の利かない男ではない。お町とお琴が一緒だと聞いて、健次も
一抹《いちまつ》の不安を抱いたが、そんなことを斟酌《しんしゃく》している場合ではなかった。

そのときは、まだ大坂屋に付け火があるとは二人は思いもよらない。

奉公人の手前、気丈を装ったお千代だったが、猪牙舟で健次と二人きりになる
と弱音を吐いた。

「健ちゃん……！」

船頭の目も憚《はばか》らず、健次にしがみついた。

お千代は、健次の胸に縋《すが》って、しきりに首を振り続けた。

「あたしは、悪い母親だわ……」

船頭に聞こえないように、健次の耳元で囁いた。

「娘が……苦しんでいるときに……こうして二人きりになれたのを、喜んでいる

んだもの」

目尻を濡らすお千代の顔を、健次も辛そうに見返した。

「それ以上……言ってはなりやせん」

口を塞ぐ健次の指を、お千代は噛んだ。

いっそ、このまま健次に抱きついて大川の底に沈みたかった。

夫には何の不満もない。娘も授かり、奉公人には慕われて人並み以上の暮らしに恵まれていた。それでも、お千代は満たされなかった。

健次が『に』組の土手組として大坂屋に出入りしはじめてすぐに、お千代は運命的な出会いを覚えた。

火事場で命を落とした恋する男と同じものを感じた。顔が似ているというのではない。だが全体から放たれる男振りは同じものだった。それどころか姿形はそれ以上の美男だった。

健次にも同じ思いがあった。

ただ美しいというばかりではない。これまで言い寄る女は町娘に限らない、その気になればより取りみどりの健次だったが、一人前の火消しになるまではと女に見向きもしなかった。

それが、一目で恋に落ちた。

お琴の思いを知りながら、外出の供をするときお千代の傍にいられるだけで胸がときめいた。だが、それを素振《そぶ》りに出してはならなかった。主人筋の内儀に心を寄せるのは不義密通である。

努めて距離を置いていた二人だが、それはむしろ不自然だった。ついに、なるべくして二人は肌を合わせた。

出会茶屋の密会は、多くは金持ちの内儀や後家が主導する。お千代は最初、橘町の馴染みの料理茶屋を密会場所にした。それも度重なると発覚の恐れがある。やがて出会茶屋を転々とした。

健次が土手組から火事場人足にあがり、纏持ちになると、ふだん逢えないだけにお千代の思いはさらに募り、忍び逢うたび健次も溺れるように情交を貪った。

お千代は振袖で世間の目を欺いた。頭巾で顔を隠していれば娘と変わらない。冬場は袖頭巾を着用すれば怪しむ者はいなかった。

しかし、お千代は、こうした逢瀬がいつまでも続くものとは思えなかった。

いつかは発覚する。

不義密通は大罪である。重ね餅で一刀両断にされるのは昔の話で、間男七両二分で解決する昨今である。ところがそれで二人の思いは引き割かれるものではなかった。

恩ある夫と愛娘を裏切って、その先どうして生きていられようか。

お千代は、いつしか健次との無理心中を考えるようになっていた。

それ以外に二人の恋が成就する途はない。

新シ橋の南詰めの船着場に猪牙舟をつけたときだった。

南西の方角に一筋の黒煙が立ち昇った。

「おかみさん！　あっしは先に火事場にめえりやす！　ご免なせえ！」

健次は、猪牙船から岸辺に飛び移ると、柳原土手を駆け降りて、豊島町を抜け細川長門守《ほそかわながとのかみ》の屋敷を西に折れて韋駄天《いだてん》走りに駆けに駆けた。

火の見櫓の半鐘が打ち鳴らされている。

黒煙は小伝馬町の東寄りで上がっていた。

——亀井町だ！

しかも煙の色からして油が燃えているのが分かる。

健次は全速力で走った。

「大坂屋だ！」

時ならぬ昼火事に、牢屋敷は騒然となっていた。

囚獄・石田帯刀《いしだたてわき》は、牢屋同心を集めて、決断を迫られていた。

牢屋敷に類焼するような事態になれば、囚人を解き放たねばならない。

往来を一番組『い』組の町火消しが駆けつけたと報告があった。

『は』組も火事場に駆けつけてきた。持分の『に』組もいち早く火事場に押しかけた。頭取と纏持ちを欠いていたが、意地でも消口を死守しなければならない。

その最中に、健次が走り込んできた。

「纏を下せえ！」

健次は手桶の水を浴びると、纏を担いで煙のなかへ走りこんで行った。

「健次を守れ！」

小頭が喚いて、梯子人足が炎を噴き出す大坂屋に繰り込んだ。

「お琴！　どこだ⁉　お町⁉」

多門慎吾は、開け放たれた雨戸から内部に走り込んでいた。

「慎吾！　危ねえっ！　引き返せっ！」

後を追う寛十郎が声を限りに叫んだ。

目の前で熱風に煽られた雨戸が舞い上がっていた。

慎吾は裏庭の井戸から釣瓶《つるべ》で汲《く》み上げた桶の水を浴びてずぶ濡れである。

「お琴！　お町！　聞こえるなら返事をしろ！」

その声も炎の音に掻き消されてゆく。

慎吾が、女中部屋に踏み込んだとき、押入れの内部から激しく襖を打ち鳴らす物音を聞いた。

襖の間から、梅柄の振袖がはみ出している。

慎吾が開け放つと、手足を縛られ猿ぐつわを噛まされた町娘が転がり出てきた。

慎吾は、猿ぐつわを解いて、抱き起こした。

「お町さんが……！」

お琴は噎せながら訴えた。

「健次さんと、無理心中する気です……！」

「なんだと⁉」

そのとき、母屋の奥から炎とともに熱風が吹き込んできた。

慎吾は咄嗟にお琴を抱きかかえて伏せた。小銀杏《こいちょう》を焦がして熱風が吹き過ぎてゆく。

もう、そこから先に踏み込むことは出来なかった。

健次は屋根瓦に足場を確保すると、『に』組の纏を振り上げた。

屋根が燃え落ちて、お町の見上げる頭上に健次の雄姿が見えた。

「ああ、健さんっ……！」

お町は、業火に包まれる階段を昇ろうとした。

「いけねえ！　お町さんっ！」

背後からしがみついたのは一太だった。

「放してよ！　放してっ！」

お町は半狂乱になって、一太を振り解こうともがいた。

それでも一太は必死に抱き止めていた。

そのとき初めて、一太は心底お町に惚れていたのを知った。

土手組の使い走りとして、博打の金蔓だと思い込んでいたが、ほんとうはお町に心を寄せていたのだ。付け火のお先棒を担いだのは、お町と地獄の底まで堕《お》ちるのを覚悟していたのだと、一太は初めて気がついたのだ。

その時だった。

炎に燃え落ちる屋根の穴を目指して、階段を駆け上がってゆく人影があった。

お町は一瞬、我が目を疑った。

その横顔で、お琴かと思ったからだった。

だが、身に纏っているのは梅の振袖ではない。

「いやーっ！　あたしの健さんを、奪わないでーっ！」

その叫びが終わらぬうちに、また屋根が崩れ落ちた。

屋根の上で交わされた言葉が、お町の耳に聞こえるはずもなかったが、お町はそれを心の耳で聞いていた。

「健ちゃん……もう、いいよね」

「あァ。せめて纏を抱いて死ねるのが有り難え」

「纏と一緒に、あたしを抱いて……」

健次は炎のなかでお千代を抱き寄せ、最後の口吸いをした。

十

亀井町の火事は、牢屋敷寸前の所で消し止められた。

確認された焼死体は三体。纏持ちの健次と抱きかかえられた身元不明の女。それと、お町に覆い被さって焼け死んだ一太だった。

鎮火のあと、煤《すす》だらけの狂女が焼け跡を彷徨《さまよ》いながら、けたたましい笑い声をあげていた。ついにお町は、土壇場で恋する男を奪われてしまったのだ。


お琴は、慎吾に担ぎ込まれた鈴屋で、お寿々の介抱を受けていた。

「これで、よかったのかもしれません……少なくとも、おっ母さんにとっては」

お琴はさめざめと泣いて、頬を濡らした。

「これまで、あたしを育ててくれたんです。怨みに思うことなんか……ありません」

慎吾は、寛十郎と部屋の外に立って、その様子を見守っていた。

「男女の仲ってのは……わからねえものだな」

裏庭から雀の囀《さえず》りが聞こえてきた。

つがいが、二月の夕空に飛んでいった。

# 第四話　狂い咲き

## 一

〽カンカンノウ、きゅうのれんす、きゅうはきゅうれんす

胡弓《こきゅう》にあわせて奇妙な一団が踊っている。

棒を捧げもつ一人に続き、張子《はりこ》の龍が長々とくねり、派手な唐人衣装の踊りが続く。足を大きくあげて唄い踊り、あるいは跳び、廻り、ドンチャンチンと、これも唐風の囃子《はやし》が賑やかに鳴らされる。

ここは葺屋河岸《ふきやがし》。芝居町の裏手とあって、芝居見物にきた江戸っ子たちが一緒になって踊り興じていた。

「まったく、妙なものが流行《はや》りはじめたものだ」

町触れ同心の多門慎吾《おかどしんご》は、傍らの南町定町廻り同心・白樫寛十郎と、呆れて眺めている。

二月も末で、彼岸桜《ひがんざくら》が咲いている。これから枝垂《しだ》れ桜、一重《ひとえ》、八重《やえ》、染井吉野《そめいよしの》と次々に咲いて、江戸はいよいよ桜の季節を迎えようとしていた。

人々の心も浮き立つ春。暦の上では晩春を迎えるが、夜寒も去って春風駘蕩《しゅんぷうたいとう》、いよいよ春たけなわで、桃の節句用の白酒も入って皆うかれている。

どうかすると、つい踊りに引き込まれそうな気分になるが、二人は町方の役人であれば、それもならない。

南町奉行・筒井伊賀守政憲から内命を受けているだけになおさらだった。

今、流行のカンカン踊りは『唐人踊り』ともいい、もともとは長崎の唐人（清国人）たちが居留地の唐人屋敷で母国の春を祝う祭りだった。

それが、長崎から大坂に伝わって大流行し、江戸には去年の深川富岡八幡の成田山の出開帳《でがいちょう》のとき初めて姿をみせた。それが江戸っ子の人気を博し、当初の興行が十四日間にも延長された。

それから一年にもなって再燃し、衰えるどころか加熱気味になっている。深川から両国広小路にも繰り出して、商家の丁稚《でっち》まで熱狂する昨今だ。

〽ちいさいさんぱん、びいちいさい、ピイハウピイハウ
何のことやら歌詞の意味は不明だが、どうやら長崎の和製南京語らしい。そん

なことにはお構いなしに踊りは人々を魅了していた。

見様によっては屁踊りで、読売《よみうり》などが『一人踊り』を図解で瓦版《かわらばん》に売り出すと、これが飛ぶように売れた。今では子供までが路地で踊りだすという有り様だ。

その踊り方が卑猥であるというので、公儀は取り締まりを検討しはじめている。

慎吾と寛十郎は、奉行に呼ばれ、流行りのカンカン踊りの裏に潜む唐物の密売の実態を探る内命を受けていた。

「唐物の相場が、著しく乱高下しておる。禁制の抜け売りが密かに行われているに違いない。その実態をつかめ」

カンカン踊りに紛れて長崎から大坂、江戸へと闇のルートが存在するのではないかと筒井奉行は睨《にら》んだのだ。

奉行直属の二人は、その任務にあたっていたのである。

去年の二月の末、長崎の唐人屋敷で大捕り物があった。

居留地の唐人屋敷から清国人は町場には出歩くことは出来ない。出島のオランダ人も同様だが、処遇には天と地の隔たりがあった。

鎖国下であれば出島が唯一世界に開かれた窓である。

蘭癖《らんぺき》大名をはじめ西洋事情に飢えた知識人が殺到し、特に外科の蘭方医《らんぽうい》は挙《こぞ》って長崎に留学した。珍しい南蛮渡来の文物は高く売れ、長崎奉行も『見届け物』と称して、原価で購入しては大坂で売るという特権を認められていた。一部は老中や将軍にも献上され、商館長の一行は江戸参府が許され将軍に拝謁することも出来た。江戸の滞在には本石町の長崎屋が常宿と、至れり尽くせりである。

それに引き比べて、清国人は唐人屋敷に押し込め同然で、訪れる名士とていない。漢方医は京・大坂に留学するので、唐人屋敷に出入りが許されるのは丸山の娼妓のほかは、通詞《つうじ》や僅かな役人のみである。

折りしも、薩摩藩が将軍の外戚を笠に着て、属国の琉球を介して中国貿易の抜け荷を半ば公然とやっていたので、唐人屋敷の貿易は壊滅的な打撃をうけていた。

こうした背景もあって、唐人屋敷から清国人たちが町場に徘徊《はいかい》するのが頻繁になった。長崎奉行はこれを由々《ゆゆ》しきこととして取り締まったが、暴動騒ぎにまで拡大した。大村藩に出兵を命じて、ようやく鎮圧したのである。

筒井奉行が江戸へ町奉行に赴任してから、三カ月にもならないうちの暴動だった。

筒井は長崎奉行当時、薩摩藩の唐物会所を抑えつけて、唐人屋敷の利権を保護しようと努力してきた。公儀の長崎会所も同様の被害をこうむっていたからである。

ところが筒井が長崎を離れると、その調整がきかなくなったらしい。

江戸町奉行に栄進したとはいえ、筒井にとって看過できるものではなかった。

「カンカン踊りが流行りはじめたのは、それから間もなくだ。偶然とは思えぬ」

筒井奉行は、日頃町触れの任についている慎吾を本来の定触方につかせ、特命したのである。慎吾のほかには定町廻りから寛十郎、おって臨時廻りから数人が動員されることになった。

慎吾と寛十郎は、カンカン踊りの動きを内偵していたが、まだ密売の確証を摑んではいなかった。

興行元は出開帳屋には違いないが、カンカン踊りは清国人の衣装はつけているものの、多くは日本人だった。なかには清国人もいるだろうが、紅毛人と違って見た目には判別しがたい。流暢《りゅうちょう》な日本語を操れば尚更である。

二人は江戸宿や、大道芸人たちが多く住む下谷の山崎町あたりに目を配っていたが、今のところ怪しい動きはなかった。

中国からの輸入品で最も貴重なものは薬である。薬種問屋のなかには潰れる店も出たが、片や繁盛する店もあって、安値の闇ルートが存在するのは明らかだった。

ところが、慎吾たちは早くも行き詰まった。薬種問屋出入りの仲買人に清国人らしきものはいない。

「ようやく突き止めてみれば、富山の薬売りとはな……」

二人が筒井奉行に報告すると、

「それは、薩摩船から流れてくるものだ」

と苦りきった。

将軍の岳父である薩摩の老公・島津重豪《しげほり》は、将軍の父である盟友・一橋治済《ひとつばしはるさだ》と正室・茂姫《しげひめ》の双方から数々の貿易特権を公儀に頼み込んだ。松前の昆布や煎海鼠《いりこ》などで中国の薬を安く購入し、新潟・富山沖で薬荷を揚げ、富山の薬行商を使って江戸へ大量の薬種を捌《さば》かせているのだという。

筒井奉行といえど、そこから先には手は出せなかった。

結局その探索は無駄に終わってしまったのである。

「こうなったら、カンカン踊りに願人坊主をもぐり込ませるしか手はねえな」

馬喰町北裏の橋本町の長屋に住む朴斎たちしか、内情を探りだせる者は他にはいない。日頃雑芸で往来を物貰いして歩く彼らなら、踊りはお手のものである。

「なんとか出開帳屋に渡りをつけさせねばなるまい」

願人坊主の元締・朴斎は、寛十郎が鑑札を与えている隠れ岡っ引きでもあった。

「ようがす。蛇《じゃ》の途《みち》は蛇《へび》だ。なんとか潜りこんでみやしょう」

朴斎は気さくに二人に応えて、

「三月にゃ、お蔵前の大護院で摂州《せっしゅう》天王寺奥院太子の出開帳がありやす。五日には永代寺で加州《かしゅう》・長楽寺の不動尊、深川浄心寺でも鎌倉龍口寺のお祖師様と、目白押しだ。花見も手伝って参詣人もどっと押しかけようから、出開帳屋も稼ぎどきでしょうしね。大勢で派手に騒いで盛り上げたいところでしょう」

「こんなことなら、はじめから大将を頼るんだったな」

「遠慮する旦那たちのほうがおかしいや」

久しぶりに慎吾も寛十郎も声をあわせて笑った。

そうこうするうちに、三月三日の桃の節句になった。

八丁堀の多門家では、朝も早くから義母の多貴と敷地内の借家人・木下専心斎の内儀の敏乃が浮き浮きしている。

今日は慎吾が非番なので、中間の忠助に花見弁当を持たせて墨堤《ぼくてい》に花見に繰り出そうと話が弾んでいる。

話の端々から、同じ組屋敷の笹目家の内儀たちと申し合わせているらしい。

――これは大変なことになる……。

慎吾は内心慌てた。笹目家に地借りしている御番医師の遠藤正典の息女・早苗は、多貴たちが慎吾の後添えにと縁談を進めている相手だ。このところ話も遠のいていたので、すっかり安心していた慎吾だったが、

――花見にかこつけて見合いに引っ張りだされてはかなわぬ……。

と慌てて出支度にかかった。

「婿どの、久しぶりに花見に付き合うてくだされ」

案の定、多貴が満面に笑みをたたえて迎えにきたときには、ようやく忠助に小《こ》銀杏《いちょう》を結わせた後だった。

「あいや。義母上《ははうえ》……わたしは本日、先生の代わりに門弟に稽古をつけるよう仰

せつかっておりますれば」

「上巳《じょうし》の節句ではありませぬか……」

「いや、男子には雛《ひな》も白酒もございませぬ。これ忠助、義母上のお供よろしく頼んだぞ」

と話を逸らして、そうそうに家を飛び出した。

山王お旅所前を、早苗たちに行き合わねばよいがと早足で過ぎて、鎧《よろい》の渡しを渡り箱崎の大通りに出て、やっと一息ついた。

御目見《おめみえ》の武士たちが従者を連れて、お城に急いでいる。

今日は節句とあって、日頃登城しない小普請旗本たちも総登城の日で、いつもより往来は正装の武士たちの姿が目につく。

御目見以下の町同心は気楽なものである。

ようやく馬喰町の表通りに出ると、着飾ったお寿々とお花に行き合った。

清六が供についていた。小腰を屈めて挨拶する。花見弁当を担いでいた。

「まあ慎吾さま」

お寿々も正月の晴着を花見小袖に仕立て直した艶《あで》やかな装いで、振袖のお花の美しさと何ら遜色はない。

「花見か」

「ええ。お花ちゃんも、そろそろ潮来に帰りますから、せめて今月は二人で桜をみて回ろうと思って」

と零《こぼ》れるような笑顔をみせる。

「そうか」

世辞のひとつも言わなければと思うが、なぜか照れくさく、言葉が喉で絡まっている。

「節句のご馳走は、お梶が用意してますから、寛十郎様と召し上がってくださいな」

「う、うむ。それは……ありがたい」

慎吾は眩《まぶ》しそうにお寿々を見て、目のやり場に困っている。

お花が、くすくすと笑いをこらえて、

「今日は、お寿々さんを、あたしが一人占め。すみません」

「あ、いや。そうか。これで、いよいよ稽古をせねばならなくなったな」

どうにか苦笑いを作って、二人を送り出した。

華やかに笑って両国橋に向かう二人の後ろ姿を、慎吾は思わず振り返った。

装いをこらしたお寿々を見るのも久しぶりだった。

普段の慎吾らしくもなく、少年のように胸がときめいている。

二

墨堤の桜並木は、まだ満開には遠かったが、揃いの日傘に揃いの小袖の一行は踊りの師匠とその弟子たちで、掛け茶屋や水茶屋にも女客たちが目立つ。

恒例の茶番があちこちで始まる。墨堤の花見は芸人たちが流行り唄を聞かせるところでもあり、今年はやはりカンカン踊りが人気になっていた。

「お寿々さん、ありがとう。なによりの江戸土産《みやげ》になります。潮来に帰っても、このご親切は忘れません」

はしゃいでいたお花も、日一日とお寿々との別れが近づいているせいか、目を潤ませていた。

「まだまだよ。御殿山《ごてんやま》にも行きたいし、飛鳥山《あすかやま》もこれから。洲崎《すざき》の潮干狩りも、熊野権現の摘み草だって……」

お寿々もお花と一緒に出来るだけ外で春の光を浴びて楽しむつもりでいた。

「お嬢さん……なにやら雲行きが怪しくなってきましたが……」

清六が不安そうに空を見上げている。

朝からよく晴れて、絶好の花見日和だったのだが、生暖かい風が吹いて、雨雲が張り出しはじめていた。

「あら、ほんとう……」

お寿々は、花見弁当を広げる場所を捜しているうちに、食事時を逃がしてしまっている。

「一雨きそうね……」

「あれは……雷雲《かみなりぐも》かもしれません」

お花も不安げに空を見上げる。

「清六、いまのうちに船を捜してきて。春雨《はるさめ》はともかく雷はご免だわ」

お寿々は三囲稲荷《みめぐりいなり》の土手に差しかかったとき、清六を川原に走らせた。

茶番で宴たけなわの花見客は、まだほとんど空の急変に気づいていない。

その時、背後で野太い声が上がった。

「これは、一雨くるかもしれない！」

振り返ると華麗な山伏《やまぶし》装束の四十半ばの男だった。行者というより歌舞伎《かぶき》役者のような出で立ちで、薄っすらと化粧さえしている。

ざわざわと一座が空を見上げて、俄《にわか》に帰り支度を始めた。

十四、五人ほどの一行で、男も女も上品な装いだ。首から金襴《きんらん》の袈裟《けさ》のようなものを掛けている。幟《のぼり》も金銀の刺しゅうで縫い取ったもので、北斗七星の下で二人の童子が笹を手に踊っている図柄だった。

――妙見《みょうけん》様の講中だろうか……。

お寿々は、そんな気がした。風にのって上品なお香の匂いが漂ってくる。それは一行の着物に焚《た》き込められているようだ。

ポツ、ポツ

と雨滴が落ちてきた。思ったより早く雨雲は空に広がり始めている。

「お嬢さん、船を捕まえましたよ。急いで下さい！」

清六が土手下の船着場から走ってきた。

「お花ちゃん」

「ええ」

花見どころではなかった。

二人は、清六に急かされて土手を駆け降りた。

花見客たちも蜘蛛《くも》の子を散らすように慌てふためいている。

お寿々たちが船着場から、屋根船に乗り込んだときだ。

「お願いでございます、お願いでございます！」

金襴の袈裟を下げた、先刻の講の一人だろう。四十前後の大店の内儀とおぼしき上品な女が、裸足《はだし》でお寿々たちの後を追いかけてきた。

「どうか、匿《かくま》ってくださりませ！」

ふっくらした頬を震わせて、泣きそうな顔で両手を擦り合わせてきた。

土手の上で、薄化粧の行者の声が挙がっていた。

「船を回します。落ちついて！　散らぬように！」

一行には、花見船があるらしい。

内儀は、その声に怯えるようにお寿々の背中に回り込むと、隠れるように屈み込んだ。

ザアーッ
と篠《しの》つく雨が襲ってきたのは、その時だった。

「とにかく、なかへ！」

お寿々が言って、お花が内儀の手を取り屋根船のなかに引き入れた。

「お嬢さん……!?」

清六は土手の上の様子と見比べながら戸惑っている。

「いいから、清六も乗って！」

雨に煙る川岸に、贅《ぜい》をこらした屋形船が接岸してきた。

講中の自前の屋形船らしい。船縁《ふなべり》に金色の北斗七星の鋲《びょう》が打ちつけられていた。

お寿々は船頭に船を出すように言い、震えも止まらず船床に伏せている内儀に近寄った。

「大丈夫ですか……？」

内儀はハッと怯える顔をあげた。

美しい顔は蠟人形《ろうにんぎょう》のように蒼白だった。

花見小袖からか、それとも肌からか、えもいわれぬ甘美な香が漂って、お寿々は不思議な気分にさせられた。

お花も同様らしい。訝《いぶか》しげにお寿々と目顔を交わす。

川面を叩く雨脚はいよいよ激しくなり、遠雷が轟《とどろ》きはじめた。

「あたしは、馬喰町で公事宿を営みます鈴屋のお寿々と申します。しばらくウチの宿で、お休み下さいな？」

お寿々に言われて、内儀の顔に微かに安堵の色がさした。

「あ……あたくしは……」

内儀は、だが言い淀んだ。

「差し障りがあるようでしたら、あえてお伺いはしません。うちは公事宿ですから、宿帳は気になさらないで」

お寿々が、努めて優しく声を掛けた。

内儀の目が落ちつかない動きをみせている。

「お世話をかけますが……しばらく置いていただけませぬか？　ゆえあって、身元はあかせませぬが……名は、お登季《とき》と申します……」

雨音に消え入りそうな声で、内儀は縋《すが》る目になった。

「ご安心下さい……あえて事情はお訊ねいたしません」

お寿々は同情顔で頷き返した。

そのとき、ピカーッとあたりが稲妻《いなずま》に照らされた。

「キャアア――――ッ」

お寿々も、お登季、お花も同時に悲鳴を挙げて耳を塞ぎ、船床に伏しこんだ。

凄まじい落雷の大音響が船を揺るがした。

文政五年（一八二二）三月三日の武江年表の記述に、『未刻《ひつじのこく》（午後二時）、江戸大いに雷鳴し、大雨大霰《あられ》降り、諸所に落雷あり』とある。

まさにその通りの荒天が、江戸中を恐慌状態に陥《おとしいれ》た。

三

時ならぬ春の雷鳴に、慎吾と寛十郎も鈴屋で足止めを食らっていた。

「雛の節句にアラレはつきもンだが、雷だけは余計だな」

常には、暴れ馬が馬場から飛び込んでこようが、ビクともしない鈍なお亀が、凄まじい悲鳴をあげて女中部屋に走り込んだのが可笑《おか》しくて、吉兵衛に軽口を叩いて外の様子を見に出た慎吾だが、心中はお寿々のことが気がかりで、次第に落ちつきもなくなった。

「大川の様子をみてくるか」

吉兵衛に雨合羽《あまがっぱ》を出させて足拵《あしごしら》えをしていると、お寿々とお花が朧《ろう》たけた中年の内儀を両側から支えるように走り込んできた。

「お鈴!?　無事だったか！」

慎吾と寛十郎が思わず立ち上がるのに、すっかり濡《ぬ》れ鼠《ねずみ》になったお寿々が、お梶に、

「玄順《げんじゅん》さんを呼んできて!」

と額から流れ落ちる雨も構わずに気丈に声を放った。

「お嬢さん、今日は玄順先生はお旗本の奥様のお供で御殿山のはずです」

吉兵衛が横合いから声を出した。

「よし。俺が、医者を連れてくる!」

飛び出そうする慎吾の背に、寛十郎が声をかけた。

「慎吾! 誰を呼んでくるつもりだ」

「遠藤先生だ。この時間なら下城しているだろう」

「待て、俺が行く。お前はお寿々さんについておれ」

寛十郎は慎吾を留めて、雷鳴の轟く表へ飛び出していった。

慎吾が早苗との縁談話に困っているのは元より承知の寛十郎だった。笹目の内儀にでも知れると、敏乃を通じて多貴に何を告げられるか分からない。

ここは一番、友達甲斐《がい》のあるところをみせるときだった。

お寿々は、お梶に着替えの襦袢《じゅばん》をもってくるように指示すると、お花と二人で

お登季の両脇を支えながら階段を慎重に上がってゆく。

慎吾も吉兵衛も、不安そうに見守るしかなかったが、何はともあれ事情が知りたい。清六に、着替え次第、下代部屋にくるように言って、一度は仕舞いこんだ手焙《てあぶ》りを丁稚の正吉《しょうきち》に運び込ませた。


「ふうん。金持ちの妙見様の講中か……」

慎吾は、清六からあらましを聞いて、お寿々がお登季という裕福な内儀を担ぎこまざるをえなかった事情に、しきりに頷いていた。

「そりゃあ、お嬢さんにしてみれば知らぬ顔は出来ないだろうね」

吉兵衛も相槌《あいづち》をうつ。

「でも、妙見様の講中にしちゃあ、ちいと変わっていますね」

一行揃っての金襴の袈裟といい、贅を凝らした自前の屋形船といい、なにより薄化粧の行者というのが気になる。

江戸では新しい宗教も少なくない。そう珍しいものではないが、内儀が怯えてお寿々に助けを求めてきたというのが、なにやら胡散臭《うさんくさ》い教団のような気がする。

妙見様といえば、亀戸八幡の船着場に面した柳島橋西詰めに近い法性寺が有名である。参詣客には大奥女中も多く、初代・中村仲蔵《なかむらなかぞう》がそこで忠臣蔵《ちゅうしんぐら》の当たり役斧定九郎《おのさだくろう》の着想を授かったり、葛飾北斎《かつしかほくさい》が画号としたりと、何かと話題の多い信仰者を集めている。

妙見といえば北斗七星と不動の北極星が主星である。

このごろ躍進目ざましい千葉周作《ちばしゅうさく》の北辰一刀流《ほくしんいっとうりゅう》も妙見を奉じて、今年、神田お玉ケ池《たまいけ》に新たな道場・玄武館《げんぶかん》を移設し、門弟三千人を集めていた。

それほどご利益《りやく》のある妙見様だから、新興宗教が派生しても不思議はないのだが……。

それ以上の思案は及ばず、会話も途切れたころになって、寛十郎が笹目三十郎《さんじゅうろう》をともなって悄然と帰ってきた。

「この荒天で、遠藤先生もお城で足止めを食っているようだ」

と肩を落とす。

三十郎は多門家に養子に入った慎吾と似たような境涯で、本役は定中方同心である。慎吾の特務のときは下役に付く腕に覚えの機動職だが、普段は捕り物出役《しゅつやく》の待機組で目録の腕を持て余している。

「医学館に小者を走らせましたが、本日は登城で欠勤とのことでした」

と、気の毒そうに、三十郎が寛十郎に代わって言い訳する。

「お帰りになりましたら、私が鈴屋にお連れします」

三十郎はそう続けたが、そのことだけを告げにきたのではない。

「多門様。お奉行から特命があったのでしょう?」

気負いをこめた口ぶりである。

「このごろの多門様の様子をみていれば、わかります」

なぜ声をかけてくれぬかと、不満そうなのがありありと顔に出ていた。

「まだ、笹目に動いてもらうようなところまで、いっていないのだ」

慎吾は後ろめたい気になって、言い訳した。

「いつでもお役にたてるつもりでいます。私にも、お話があってもよいではありませんか。御番所で臨時廻りの御同役を二、三拝見しました。そんなに私は頼りになりませんか」

詰め寄らんばかりである。

臨時廻り同心は、長年定町廻りを勤めあげたものが引退してからつく予備役で、難事件に乗り出してくる。若輩とはいえ、自分が蚊帳《かや》の外に置かれたようなのがよほど悔しいのだ。

「わかった。許せ」

慎吾もとうとう打ち明けざるを得なくなった。三十郎は腕は立つが地味な内偵には向かないと思っていたのだが、奉行の内命をかいつまんで明かした。

「だが、くれぐれも勇み足はするなよ」

と釘を刺した。

「多門様たちの足手まといになることはいたしませぬ」

気負い込んでいるのが鼻腔の膨らみでわかる。慎吾はやはり心配になった。

「玄順も遠藤先生も来れぬとなれば致し方ない」

慎吾は、お梶に、とりあえず常備薬の鎮静剤を二階のお寿々に届けさせ、その日は寛十郎たちと鈴屋を出た。

お寿々の無事を確かめた後で、急に義母のことが心配になった慎吾である。

まだ雷鳴の轟く中を、慎吾は八丁堀に向かって足を早めた。

薬湯を飲んで、ようやく鎮静したお登季が寝息をたてたので、お寿々とお花は早めの夕餉《ゆうげ》をとるために階下に下りた。

ひとまず緊張も解けて、急に疲れと眠気が襲ってきた。

交代でお登季の看病にあたることにして、若いお花が先に二階へ上がった。

——お登季さんは、いったい何に巻き込まれたのかしら……。

そう思いながらウトウトと仮眠をとっていると、お花が血相変えて飛び込んできた。

「お寿々さん！　お登季さんが！」

お寿々は、撥《は》ね起きて、二階に駆け上がった。

お登季は、激しい痙攣《けいれん》に襲われて部屋中を転げ回っていた。

「お登季さん!?　どうしました！」

顔から全身から脂汗を噴き出し、お登季は苦悶していた。

「お薬が、あわなかったのかしら!?」

さすがにお寿々も狼狽《ろうばい》した。

お登季は、喘《あえ》ぎ喘《あえ》ぎお寿々の手を握りしめ、

「ど、どうか、ご内分に願います、う、うあ、くあーっ」

と言ってるそばから激しくのたうって、廊下まで転がりだした。

「危ない！」

お花とお寿々は二人がかりでお登季を押さえつけ、部屋に引き戻した。

「し、縛り上げてっ！　お願いっ！」

喉を掻きむしり、乱れる裾もかまわずに、お登季は暴れた。あられもない姿になっても自分ではどうしようもない。せめて縛りつけてくれと哀願した。

廊下で、他の宿泊客がザワザワと声をたてながら様子を窺っている。

お寿々とお花は、やむなく細紐でお登季の手足を縛り上げ、裾や襟が乱れぬようにした。

お登季の髷《まげ》は潰れ、髪を乱して、汗まみれになっている。

お寿々は夜具を被せ、そのうえからお登季を抱きしめた。そうでもしないと暴れはおさまらない。

吉兵衛の声がして、廊下の客たちを部屋に戻している。

「俄《にわか》のさし込みでございます。お医者様を呼びましたので、皆様はどうぞお引き取りくださいませ」

お登季の苦しみは治まりそうもなかった。

「お花ちゃん、清六を走らせて、慎吾さまにお伝えして」

必死にお登季をおさえつけながら、お寿々が言った。息があがっている。

「ううーっ！　ああっ！　んあっ！　ううう一っ！」

お登季は、獣じみた声を上げながら、お寿々の下で海老《えび》のように跳ねていた。

凄まじい力に撥ね飛ばされそうになるのを、お寿々は必死に押さえつけた。

「しっかり……お登季さん、すぐにお医者様がまいります」

お登季は内分にと言ったが、とても、このまま放置できるものではない。

四

駕籠《かご》を飛ばして、遠藤正典を伴い、慎吾が鈴屋に駆けつけたときには、お登季はぐったりしていた。

目は虚ろで放心状態になっている。口の端から涎《よだれ》が垂れていた。

袖の端でそれを拭いながら、お寿々はお登季の着衣の乱れを直してやった。

お寿々は、手足を縛った細紐を解いて、子供をあやすように添い寝していた。

「お寿々……あとは遠藤先生にお任せしろ」

慎吾に言われて、やっと傍を離れたが、またいつ暴れ出すのではないかと不安を拭いきれない。

遠藤正典は、脈を取り、瞳孔《どうこう》を覗き込み、額の熱をはかって舌を調べた。

「薬物中毒ですな」

遠藤は呟き、薬箱を引き寄せた。

「禁断症状です。いまは虚脱しているが……また暴れ出すかもしれない」

お寿々は、不安そうに慎吾に目をやった。

「薬物といいますと？」

慎吾がお寿々に代わって遠藤に訊ねた。

「……おそらくは、阿片《あへん》」

「阿片……」

慎吾もその名は知っている。清国では阿片の吸引による中毒患者が蔓延《まんえん》して、阿片窟《くつ》まであるという。長崎では禁制品になっていた。

「ただ、阿片は蘭方では外科の薬用として痛みを和らげる麻酔としても使われるものです。使い方次第だが、一般に出回るものではない」

「では、この妻女は……」

「阿片の吸引を習慣にしていたものと考えられる」

お寿々は、ぞくぞくっと寒けを覚えて襟を掻きあわせた。

「お登季さんを、あの苦しみから救う術《すべ》はないのですか……？」

「阿片を吸引すれば苦しみはおさまります。だが、それでは中毒はさらに進む。やがては廃人同様に……死に至る病となる。禁断症状の苦しみから逃れるためには、ただ体にしみ込んだ成分が出ていくのを我慢強く待つほかはない……」

お寿々は、途方に暮れた。

「医学館で、お預かりしようか。可哀相だが、軟禁して看護中間に見張らせておくしかない」

「待って下さい。いま少し、あたしが傍についていて看病したいと思います」

「お寿々？」

「慎吾さま。お登季さんが逃れてきた事情は、お聞きになったとおりです。このまま一人になんかできません。せめて、お登季さんの事情がもう少し分かるまで……傍についていてあげたいんです」

公事宿を放って、付ききりで看病するにはよほどの決心がいる。

「遠藤先生、聞いたとおりです。しばらくお寿々に預けてくれませんか。いよいよとなったら医学館で引き取ってもらわねばなりませんが」

慎吾は言って、お寿々がお登季を引き取った経緯を話してきかせた。

「多門殿……その妙見講、禁制の阿片を使って信者を集めている、いかがわしい新興宗教の類《たぐい》ではあるまいか？」

「では、そこが阿片窟になっていると？」

「地役人が唐人と接触する機会のある長崎ならいざしらず、江戸に流れこんでいると由々しきことになりまするな」

慎吾の脳裏に、ある疑念が灯った。

筒井奉行から内命を受けた、カンカン踊りの裏に潜む唐人の抜け荷の件と結びついてくる。

「遠藤先生。わたしは、その講中を探ってみます。阿片との繋がりが判明したらまた、お知恵を拝借に伺わせていただきます」

「心得ました。ことが薬種に関わることでもあれば、医学館でも放置はできませぬ」


その夜。お登季を階下のお寿々の寝所に運び込んでから、慎吾は鈴屋の前に待たせた駕籠に、遠藤を見送りに出た。

お花とお寿々は、再びお登季を縛らねばならなかった。

禁断症状の苦しみを乗り越えて、食餌療法で体力を回復させねばならぬと遠藤にいわれた。それまで解毒の薬湯で気長に看護を続けねばならない。

慎吾が戻ると、お登季が微かに意識を取り戻していた。

僅かでも、怪しい講中の手掛かりを訊き出さねばならない。

「お内儀、悪いようにはせぬ。おまえさんと一緒だった花見の講中のことを、話してみちゃくれめえか」

お寿々から、慎吾との関わりを聞いていたお登季は、警戒を解いて、素直に問いに答えた。

「こんなご迷惑をおかけしてしまって……もう、なにもかもお話しいたします」

禁断症状で暴れるだけ暴れて、さすがに面やつれしていたが、上品な美しさをどうにか取り戻していた。

「あたくしが、『お交じり様』に入信いたしましたのは、去年の夏のことでございました……」

お登季が、王子《おうじ》で菓子問屋を営む亭主の吉野屋甲兵衛《よしのやこうべえ》に勧められて入信したのは、『お交じり様』と呼ばれていた天台宗《てんだいしゅう》の流れを汲《く》む教団だったという。

現世利益を説くその教団に、主人は既に入信していて、

「あんなに有り難いものはない。お前も是非、入信しておくれ」

と連れていかれたのが、長い間無住の天台宗の末寺であった。

廃寺同然の寺だったが、信者の寄進で内部は眩しいばかりに改築されていたのだという。

「そこが、お交じり様の本山か？」

「いいえ。信者が集まりますのは随所にございます。毎月数度、某所に呼ばれ、他の信者の方々と親交を深めます。わたくしは、いつも御殿女中のような立派な乗物がお迎えにきて、連れていかれます。外は見ないようにと固く言いつけられておりましたが、江戸の随所に集会の場がございますようで……」

「そこで、阿片を吸引していたのだな……？」

言われて、ブルッとお登季は襟を搔きあわせた。

「……おそろしい阿片と知ったのは、入信して半年も過ぎたあとでございます。それまでは、珍しい煙草ということで長い煙管《きせる》で、皆様と回し喫《の》みをしておりました……とても甘美で、気持ちが楽になり、まるで体に羽が生えたように極楽で遊ぶ鳥の心地になります。あたくしは長いこと頭痛もちでしたが、それを吸ってからというもの、おさまりました。お交じり様の講中では、花見や涼み船をしたてて遊山にも出掛けますが、それ以外の集まりでは、それを吸うことが許されるのです」

「知らず知らずのうちに、習慣になったのだな？」

「はい。それが阿片らしいと分かったのは、禁断症状で苦しむようになってからでございます。でも、吸引すると直に元に戻ります。集会に出る限りは、それが頂けたのでございます……」

「信徒を、阿片でつなぎ止めていたわけだ……」

「それじゃ、お登季さんがいなくなったと分かって、今ごろ大騒ぎになっていますね」

お寿々が不安を募らせる。

「ええ。あの雷騒ぎですから、迷子になったと思われているかも知れません……でも、王子の店に戻らないと……店のものが、いえ！　忍覚《にんかく》様が！　血眼《ちまなこ》になって、あたくしを探させるに違いありません！」

お登季は、ようやく自分の置かれた状況を思い出したようだった。

「忍覚というのは、教祖か？」

「いえ、……摩多羅神様の導師様でございます」

「マタラシン？」

「お交じり様の御本尊です」

慎吾とお寿々は顔を見合わせた。聞いたこともない本尊だった。

お登季がガタガタと震えだした。

「お佐江《さえ》が！」

弾かれたように立ち上がった。

「お登季さんっ」

今にも走り出そうとするお登季を、お寿々が抱きとめた。

「どこへ行くんです」

「お佐江を連れ出さなくては！」

お寿々を振りほどいて飛び出そうとするのを、慎吾が引き戻した。

「この夜更けに王子までゆくつもりか！　忍覚の手が回っていたら、ただではすまねえぞ！」

慎吾に一喝されて、お登季はヘタヘタとその場に崩折《くずお》れた。

ワッ！

と顔を両手で覆うと、激しく嗚咽《おえつ》した。

お寿々が、その背中を摩《さす》って、「お登季さん……わけを、わけを聞かせて……」

と啜《すす》り泣くお登季の顔を覗き込んだ。

「お佐江が、あたしの代わりに……生贄《いけにえ》にされてしまいます！」

慎吾が、その手首を摑んだ。

「お佐江たぁ……お前さんの娘か！」

お登季は、ハッと両手を放して顔を上げた。

「ええ。お佐江に……あんなことはさせられません。忍覚さまから娘の入信を勧められておりましたが、わたくしがお願いして、思い止まっていただいたのです」

「父親がついているのだろう？」

「わたくしがいなくなれば、忍覚さまに押し切られてしまいます」

「落ちつけ。今日の今日だ。お前さんが、まだ帰ってくるかも知れねえと、先方は思っているにちがいねえ。よしんば、お前さんが思う通りになっていたとしても、これから王子に駆けつけたって間に合うものじゃねえ」

慎吾は、お寿々に目配せして、

「お梶に、朴斎を呼びに行かせてくれ。願人坊主の誰ぞを走らせて、様子を確かめさせよう」

「ええ」

「何しても、お前さんはここを動かねえほうがいい。あとは俺に任せろ。ご禁制の阿片で信者を集める似非《えせ》宗教なら、町方が野放しにできることじゃねえ。それより、生贄たあ穏やかな話じゃねえ。ここまできたら、一切合切《いっさいがっさい》話すがいいぜ」

お登季は、ついに隠しきれず、口に出すのも憚《はばか》られる邪教教団の実態を話さねばならなくなった。

五

慎吾とお寿々は耳を疑った。

お登季の口から明かされる『お交じり様』とは、男女の性交の歓喜を秘儀とする邪淫教団だったのである。

お寿々には耳を覆いたくなるような、淫らでおぞましい秘儀の数々だった。

語り終えてから、お登季はみずから進んでお寿々に手足を縛ってくれと願った。禁断症状が、またいつ襲ってくるか分からない。

獣じみた喚《わめ》き声で、宿に迷惑はかけられないと、猿ぐつわまでせがんだ。

お寿々は、涙をこらえて言う通りにした。

やがて、お梶が叩き起こしてきた朴斎が現れると、慎吾は部屋を出た。

「いずれにしても明日だ。お佐江の様子は、あとで知らせる」

言って、下代部屋に朴斎を伴った。

お寿々に作ってもらった薬湯がきいてきたのか、お登季は眠りについた。

だが、それはお寿々を気づかってのことで、睡魔の底から波状的に蘇《よみがえ》ってくる悪夢と闘っていたのだった。


眩《まばゆ》いばかりの蠟燭《ろうそく》の炎が七色の光芒《こうぼう》を放っている。

祭壇下の敷曼陀羅《しきまんだら》の褥《しとね》に、お登季は仰向けに寝かせられていた。

全身に香油を塗られたお登季の豊満な裸体は、真珠色《しんじゆいろ》に輝いている。

それを車座に囲んで、信者たちが唱和していた。

「お交じり様ハ神トカヨ、歩ミヲ運ブ皆人ノ、願イヲ見テヌ事ゾナカリキ」

みな阿片と香炉の芳香で、一様に恍惚境に遊ぶ弛緩した笑顔で囃している。

男の信徒は腰までの白い襦袢で、女の信徒は紅い襦袢でこれも腰までのものだった。前をはだけ、女たちは乳房と股間を露わにして胡座《あぐら》になっている。

男たちも同様に前を開き、胡座の中央で魔羅《まら》を屹立《きつりつ》させていた。男たちは中高年が多い。髷もすっきりと結って裕福な商家の旦那顔がほとんどだった。教団を支えているのは彼らの寄進によるものだった。

女たちも揃って品のいい顔だちをしていた。二十代、三十代、上は四十前後から下は十代の娘も混じっている。

いずれも美貌で、美しい体をしていた。それは、この教団が美人しか入信させないためである。

かれらの教義は、平安朝後期にまで逆上《さかのぼ》る。朝廷貴族から武士、長者、はては庶民にまで拡大し、末法の世に猖獗《しょうけつ》をきわめた邪教の末である。

祭壇には、唐冠《とうかん》・狩衣《かりぎぬ》姿の俗身の本尊、摩多羅神の座像画が祀《まつ》られていた。

その頭上には、北斗七星が描かれ、足元の左右には二人の童子が笹と茗荷《みょうが》を手に踊る姿が描かれている。

神画像の下には、山海の珍味、猪《いのしし》や鹿の獣肉が供えられ、美しく化粧を施された髑髏《どくろ》が奉《まつ》られていた。

それは、微笑みを浮かべる美女か童子かと見まごう顔に造りあげられている。

「シ、リシニシ、リシ」

「ソ、ロソニソ、ロソ」

妖しげな真言《マントラ》が湧き上がる。

祈りの唱和が高まるにつれて、お登季の体は穏やかな興奮で汗ばみはじめていた。股間の襞《ひだ》が、ひとりでに濡れてくる。

「ああ……！」

とお登季は甘美なため息を漏らして、豊満な裸身を捩《よじ》った。

その女体は年齢を超越していた。磨き抜かれた菩薩《ぼさつ》の裸身だった。

祭壇を背中に、腰までの白い行装の行者が現れた。頭に兜巾《ときん》、手には黒光りする大数珠《おおじゅず》を持っている。

導師の忍覚であった。

筋肉質の屈強な体は、お登季と同じ塗香で濡れて輝いていた。

「妙適清浄《みょうてきしょうじょう》、煩悩即菩提《ぼんのうそくぼだい》」

導師は並みいる信徒たちを見下ろして唱えた。

この教団は、女犯《にょぼん》を即身成仏《そくしんじょうぶつ》の至極としている。

前をはだけた導師の股間には、隆々と聳《そび》え勃《た》つ魔羅が黒光りを放っていた。

「ああ、導師さま……」

お登季は、うっとりと見上げて、羞《は》じらいもなく豊かな乳房を両手で揉みしだいた。勃起した乳首が歓喜の予感にわなないている。

導師は、何やら呪文を口ごもると、お登季の前に膝立ちになって、両脚をおもむろに開き、しとどに濡れた股間の襞に、黒光りする大きな数珠玉を押し込んだ。

お登季はたまらず歓喜の声を漏らした。

導師は、呪文を唱えながら、数珠玉を一つ一つ、押し込んでゆく。

それは、快い痛みを伴う甘美な刺激だった。

海老反るお登季の股間に、導師の隆々とした逸物が押し込まれてきた。

お登季は、身も心も歓喜の渦にのまれて恍惚境に飛翔していった。

それが、いつもの秘儀の始まりだった。

忘我の陶酔に幾度も幾度も痙攣し、果ててはまた蘇る。

導師の責めは疲れを知らなかった。

「二根交会……煩悩即菩提！」

やがて股間で繋がったまま、二人は仰向けになった。

いみじくもそれは、二人が褥《しとね》とする曼陀羅図の中央に描かれた男女和合の図と重なった。

　左右から脇行者が歩みよった。

　一人は化粧を施した髑髏を抱えていた。導師がおもむろに魔羅を抜くと、お登季の股間から男女の和合水が溢れ出した。

　脇行者の一人が、それを手で掬《すく》い、髑髏の頭に振りかけると、もう一人が掌で満遍《まんべん》なく頭頂に塗りたくった。

　それらは全て、信徒たちの唱和のなかで行われていた。

「お交じり様ハ神トカヨ、歩ミヲ運ブ皆人ノ、願イヲ見テヌ事ゾナカリキ」

　信徒たちは心を一つにしていた。もはや娑婆《しゃば》の己を忘れている。集団催眠の恍惚境に没我していた。なかに吉野屋甲兵衛の顔もあった。

　この秘儀のなかでは常の夫婦親子の関係とは無縁である。みな等しなみに摩多羅神を奉じる同胞《はらから》だった。

　それは、お登季も同じだった。

　導師と菩薩の儀式が終わると、信徒たちに胎蔵《たいぞう》菩薩の体が分け与えられる。

　お登季のなかに、次から次へと男たちが侵入してきた。

　もう誰が誰だか見分けがつかない。ただ官能を求めて肉欲を貪り、心を神境に遊ばせた。

女たちも次々に導師の灌頂《かんじょう》を受けた。その後に男たちが続いた。異様な秘儀は果てしなく続いた。入り乱れて絡み合い、男に乗りかかって歓喜の叫びをあげる女もいた。

疲れを知らぬ欲情を支えているのは、導師・忍覚が長崎の唐人屋敷から持ち出した淫薬だった。

乱交の和合水が、次々に髑髏に塗りたくられた。

信徒にとってはかけがえのない髑髏だった。


すうっと、身を切るような寒風がお登季の忌まわしい記憶を凍結させた。

秘儀のあとで、自宅に戻ったお登季が、正気にたちかえったときに襲ってくる悔恨の風だった。

知らず深みに嵌《は》まってしまったとはいえ、お登季にはまだ正常な思考が残っていた。おのれが犯した過ちに身震いした。

だが『お交じり様』から脱けだすことは至難の業《わざ》だった。

阿片が切れると、凄まじい禁断症状が襲ってくる。『お交じり様』を脱け出しては手に入れることはできない。

亭主の甲兵衛は、もう骨の髄からの狂信者だった。身代のほとんどは教団に寄進したも同然だった。教団が世間の目を欺《あざむ》くために名義上の主人になっているに過ぎない。

入信した他の旦那衆も同じだった。内儀でさえ、今では教義に疑問を抱く者さえ見当たらない有り様だ。

——いずれ、お佐江も入信させられる……。

それを思うと身の毛がよだった。

すでに信徒の娘たちが、次々に入信させられ秘儀の生贄になっている。

——娘だけは救わねばならない……。

我が身はもう救いようのないほど穢《けが》れてしまっている。

お佐江を逃がさねばならなかった。

「そろそろ奥の院にあがってもらおうか。教祖さまのもとでお仕えするのだ」

花見の宴で忍覚から、そう言い渡されたとき、お登季の心は決まった。

——奥の院に連れていかれたら、もう、お佐江は連れ出せない。

お登季は、花見の間じゅう、導師の目を盗んでいつ脱けだすか、そればかりを考えていた。

六

慎吾は、まんじりともせずに一夜を明かした。

忍覚が、阿片を用いて邪教の信徒を集めているとすれば、長崎の唐人屋敷から持ち出した連中と接点があるに違いなかった。

邪教の全貌が知りたかった。お登季が全てを明かしたとも思えない。いや、お登季も知らない奥がまだまだありそうな気がした。

夜明けとともに動き出さねばならない。

払暁《ふつぎょう》を待って、忠助を寛十郎と三十郎の組屋敷に走らせた。

二人の来るのを待ちきれず、慎吾は庭に出て素振りに打ち込んだ。

日陰にはまだ霰《あられ》が残っていたが、昨日の雷騒ぎが嘘のような穏やかな空だった。

「お早うございます」

庭先から声をかけてきたのは、多門家の敷地内に借家住まいの木下専心斎だった。

「これは先生。もうお目覚めでしたか」

慎吾は会釈して木刀を納めた。

「敏乃様も義母上も、大事ないのがなによりでした」

「はっはっはっ。まだ余韻が去らぬのでしょう。布団に潜りこんだままです。こっちは静かで助かるが」

と苦笑いしている。それにしても早朝に顔を見せるのも珍しいことだ。

「昨夜は大変だったそうですな」

口ぶりから、鈴屋のお登季の一件を遠藤正典から聞き及んだものらしい。

慎吾は縁側に誘うと、並んで腰を下ろした。

「お役に立つかどうか、昨夜の遠藤殿のお話から、気になる文献を漁《あさ》ってみました。例の教団のことです」

「それは助かります」

慎吾も『お交じり様』と称する謎の教団を摑みきれずにいたところだ。昌平坂学問所の儒官ならば、古今の宗派にも詳しいに違いない。願ってもないことだった。

「お登季とか申す内儀が入信していたのは、『真言立川流《しんごんたちかわりゅう》』ではないかと思いますが」

「立川流……？　初めて耳にいたしますが」

「もとは、弘法大師空海《こうぼうだいしくうかい》が唐より本朝に持ち帰った密教の一部です。山岳の修験道《しゅげんどう》と習会して、末法の平安時代から鎌倉期にかけ一世を風靡《ふうび》した邪教です」

「お登季の話では、天台の流れとか申していたように記憶します」

「ほう。……では玄旨帰命壇《げんしきみょうだん》か？　ま、根は同じです。いずれも密教から派生して互いに色濃く影響しあっている」

「新興の宗派とばかり思っておりました」

「後醍醐《ごだいご》天皇の護持僧、文観《もんかん》が中興の祖と言われておりますが、元は仁寛阿闍梨《にんかんあじゃり》が伊豆大仁《いずおおひと》に流され、自害する寸前に弟子の陰陽師《おんみょうじ》に伝えたものです。陰陽師は武州立川に帰って宝灯を受け継ぎ、現世利益の便法を用いて布教を広げました。男女の性交と肉食によって仏と一体になれるというのが、その教義です。関東を中心に西に広がり、鎌倉期から室町期にかけて諸国に蔓延《まんえん》しました。布教に奔走《ほんそう》したのが立川の修験者だったので、立川流と呼ばれているようです」

「鬼畜外道《きちくげどう》の教えですな……」

「さよう。それゆえ迫害弾圧されたが、世間の闇に潜りました。徳川のみ世になって根絶されたものと思っていたが、またぞろ息を吹き返したとは……」

「妙見様は関係ありませんか？　お登季の袈裟ふうの首掛けや屋形船にも北斗七星があったとか……」

「とすれば……摩多羅神画像を本尊とする教団でしょう。頭上に北斗七星が描かれているという」

「それです、マタラシン。彼らは飾りたてた髑髏を秘儀に用いているようです。そこから何か手掛かりは手繰《たぐ》れませぬか？」

「彼らにとって、髑髏は願いを叶《かな》えてくれるミソギ代《しろ》です。十種の髑髏があり、長者や高僧の髑髏、それも罅割《ひびわ》れのない髑髏を至上のものとします。さしずめ墓荒らしなどをしているかもしれない」

「なるほど……身の毛もよだつお話ですね」

そこへ、ようやく寛十郎と三十郎が駆けつけてきた。

「貴重なお話をありがとうございました」

「あ、いや。お役にたてればなによりです。また参考になりそうな事を見つけだしましたら、お耳に入れることにいたしましょう」

専心斎は、寛十郎たちと目礼を交わして引きあげていった。

「慎吾、何か突き止めたようだな」

「お奉行の内命と、お登季の教団が繋がりそうなのだ」

「なに⁉」

慎吾は、これまでの経緯を要約して二人に話してきかせた。

「それではお交じり様の導師とかいう修験者を押さえれば、抜け荷の実態が明らかになりますね！」

気負いこむ三十郎に、

「慌てるな。忍覚の上に教祖てえのがいるらしい。そいつを探り当てるまでは泳がしておくのが上策だ」

「親父様たちがヘタに動き出すと、厄介だな……」

寛十郎は苦い顔をした。実父の寛蔵《かんぞう》は名うての臨時廻り同心である。こんどのカンカン踊りの内偵に召集されたものらしかった。

「親父殿には、北斗七星の屋形船を洗ってもらえ。それと墓荒らしだ」

「こっちの手の内をみせる気か？」

「功名争いをしている場合じゃねえ。ご老体の力も借りねばならん」

「多門様、では、さしずめ私は……」

「笹目は、王子の吉野屋に行ってくれ。朴斎んところの願人坊主が昨夜から様子を探りに張りついている。娘のお佐江のことも気掛かりだ。忍覚が顔をみせるに違いねえ」

「はい！」

「寛十郎は、朴斎から出開帳屋と渡りがついたか目を放さねえようにしてくれ。俺は阿片の出元を洗ってみる。暮れ六ツ（六時）までには、一度鈴屋で落ち合おう」

「よし」

三人は手分けして散った。

最初に手掛かりを摑んだのは、寛十郎だった。

朴斎が、出開帳屋の元締に渡りをつけたときに探り出した情報だった。

「案の定、カンカン踊りに踊り上手を五、六人も貸してくれてえことになったんですがね。そんじょそこいらの日傭取《ひようと》りたぁわけが違う、も少しはずみな、とねじ込んだところ、渋りやがるから、長崎から踊り手と一緒に結構なお宝も仕込んだんじゃねえのかい。とカマぁかけてみたんでさ」

朴斎は自慢げに掌で鼻先を擦り上げると、

「最初は、そらっとぼけていましたがね。こりゃ何かあるなとピーンときたから、ちょいと十手捕縄の影をちらつかせてやったら、急に態度を変えやがった」

朴斎は、言葉巧みに取り引きに出た。カンカン踊りには一切触れないという条件で、長崎から連れてきた連中の中に清国人が紛れ込んでいるなら、内緒で売れ、と持ちかけたというのだ。

「いたのか？」

「へい。五人ばかりね。去年の春に、唐人踊りで出開帳を盛り上げあげようと思いつき、長崎にくりこんだ時は、唐人屋敷で大捕り物の真っ最中で」

「網から逃れた唐人を雇い入れたのか？」

「ええ、なんせ本場仕込みですから。その連中にカンカン踊りを教えさせて、大坂にもちこんだらバカ当たり、それで味をしめて江戸の富岡八幡の去年の騒ぎでさあ」

「その唐人たちが、紛れ込んでいるんだな!?」

「ところがね、唐人たちは、江戸へ着て二カ月もしねえうちに出ていったんでさあ。出開帳屋も長崎の唐人騒ぎのことは承知で抱えこんだから、ま、厄介払いができたと引き止めもしなかったそうで」

「阿片や薬の抜け荷は？」

「それが、どうも着の身着のままで。連中は、この礼は必ずするからと約束してカンカン踊りから外れたそうでございやした」

寛十郎は溜め息をついた。

「……そこまでか」

「おっと旦那、まだ先がありやすんで」

そして朴斎が明かしたのは、寛十郎を驚かせるに十分な情報だったのである。

「気をよくした出開帳屋は、今年になってまたカンカン踊りを始めたのは旦那もご存じのとおりですが、両国広小路でね、おん出た唐人の頭株が、律儀にも大枚の小判を袱紗《ふくさ》に包んで持ってきたってんですよ。派手な行者の扮装でね。金襴の袈裟の襟には、北斗七星が銀糸で縫い込んであったそうですぜ」

「なに!?」

お登季が逃れてきた教団の花見の引率者に違いなかった。

「唐人屋敷から逃れてきたのを、口止めするためだったんでしょう」

「その行者の名前はわかるか？」

「さすがに、そこまでは明かしやせんや。ただカンカン踊りを教えているときは、覚兵衛《かくべえ》てえ通り名だったそうで」

忍覚の変名とも思われる。

「でかした。これでお奉行の推察の半分は裏付けられたことになる」

「まだ、ありやすんで」

「うむ」

「江戸には不案内の連中が、去年、出開帳屋から外れるとき、しきりに御薬園の場所を聞き出していたそうです」

寛十郎は、弾かれたように立ち上がって、

「上首尾だ、恩にきるぜ」

朴斎の肩を叩くと、寛十郎は黒羽織を翻《ひるがえ》して走り出した。

七

寛十郎が、下谷新シ橋通りに面した医学館に息せき切って走りこんだときだ。

表玄関から、慎吾が遠藤正典と寄宿の医学生の二人に見送られて出てくるところだった。

慎吾は、阿片がどんなものか遠藤にみせてもらうために訪れていた。

医学館には小規模ながら薬園がある。

阿片は、ケシの未熟な実を傷つけ、分泌した乳状液を乾燥させて得られるゴム様の物質だった。これを粉末にして阿片煙草を作るのだという。

遠藤の長男の正直《まさなお》にケシ畑を案内させたのだが、花をつけるのは夏で、今年はまだその時期ではないのが分かった。

正典は、その間、薬の保管所で在庫の阿片を調べさせたが、不心得者が持ち出した形跡はなかった。

表玄関に走りこんできた寛十郎から、朴斎が聞き込んだ情報を知らされて、驚いたのは慎吾ばかりではなかった。

公儀の管轄下にある御薬園は、医学館のほかには江戸城内、駒場《こまば》、小石川養生所があり、なかでも養生所に併設されている御薬園は広大な敷地に無数の薬草が栽培されていた。

「正直、多門様たちを小石川にお連れしなさい。正継《まさつぐ》にケシ畑を案内させるのだ」

「かしこまりました」

正直は、二人を先導して早足で表門に向かった。

小石川養生所には次男の正継が見習医として、これも寄宿している。いずれも早苗が母代わりになって育てあげた兄弟だった。

突然の兄の来訪を告げられた正継は、何事かと病棟から出てきた。

小石川養生所は男の病棟が四棟、女の病棟が一棟、細長く並んで南に延びている。診察室はあるにはあるが、御番医師は常駐しておらず、もっぱら見習医が起居もままならぬ患者を回診していた。

医学館に比べると話にならないほどの劣悪な環境の下に置かれ、裏長屋の貧乏人でさえ入院は避ける。身寄りのない重症の老人か、無宿の行き倒れが収容されているのが実態だった。

町奉行所同心の詰め所もあるが、おざなり勤務でほとんど顔を見せない。

小石川養生所を仕切っているのは、賄《まかな》い中間とそれを束ねる看病中間で、見習医も彼らの機嫌を取らねば暮らしもままならない所だった。

「兄上、何事です？」

面会所に現れた正継は、端正な顔を曇らせた。

兄は父親似だが、弟のほうは早苗の面差しに近い。

「わけは道々話す、こちらのご両人をケシ畑にご案内するようにと、父上から言いつかってきたのだ」

正継は、慎吾たちに軽く会釈をして先導に立った。

炊事場から看護中間たちの笑い声が聞こえてくる。どうやら昼日中から酒を食らって小博打《こばくち》に興じているようだった。

「話には聞いていたが……ひどいものだな」

寛十郎が眉をひそめた。

正継は広い御薬園のなかを南の高台へ黙々と登ってゆく。

作小屋は、ところどころにあったが、園丁たちの姿は見当たらなかった。

看護中間のようすからして推《お》して知るべしだった。

正継も半ば諦めているらしい。

「ここです」

広大なケシ畑だった。

「驚いたな。こんなにもケシを栽培して、使い途があるのか?」

正直は信じられないといった顔をしていた。

養生所の御番医師はほとんどが小普請で、水戸屋敷の裏手に屋敷を拝領しているが、よほどのことがない限り診察にもこない。まして外科医などいても使い物にはならない臨床下手《りんしょうべた》で、医学館に頼りきっていた。

「収穫は夏だというが、去年までに作った阿片はあるはずだろう」

慎吾が正継に訊ねた。

「医薬室の鍵を持っているのは看護中間です。御番所の同心のほかは出入りを許されていません。われら見習医などは願い書を出して、ようやく出してもらえる有り様です」

慎吾は、寛十郎と訝しげに顔を見交わした。

「それじゃ、横流しがあっても分からねえ」

「御薬園の薬草の横流しなぞは、日常茶飯事《さはんじ》ですよ」

「正継、それが分かっているなら、なぜ詰所の同心に告げぬのだ」

「無駄です。同心たちもグルですよ。せしめた金を分けあっているのです」

正直は非難を含んだ目を慎吾たちに向けた。

「わたしが告げ口したなどと言わないで下さい。炊事はおろか寝込みを襲われかねない。それではおちおち修行もなりません。そういうところなのです、ここは」

「……ここは北町の管轄だったな」

「構うこたあねえ、締め上げて中を調べよう」

寛十郎が息巻いた。

阿片が大量に横流しされているかもしれない。

「いや。ここで騒ぎたてると、黒幕を取り逃がすおそれがある。まして北町だとこじれるぞ。お奉行にお知らせして策を仰ごう」

「正継、お父上にお話しして、場所を換えてもらうか？」

事情がわかって、さすがに兄も当惑していた。

「いえ。こんなところでも、私を頼りにしている患者たちがおります。見捨てることなどできません」

「ケシ畑は、前からあんなに広かったのか？」

「いえ、一年前までは、たいした広さではありませんでした」

慎吾の胸にさざ波がたった。

「広くなったのは、去年のカンカン踊りが流行りだした頃か？」

「……その頃あたりかもしれません」

「寛十郎……中を調べてみるまでもなさそうだな」

慎吾は沈痛な面持ちで呟いた。

北町同心が阿片の密売に関わっているとなると事は面倒になる。

忍覚が養生所廻り同心を抱き込み、ケシの種を持ち込んで栽培させているのかも知れなかった。

二人は正直を残して小石川養生所の表門を出た。

三十郎と落ち合う暮れ六ツまでにはまだ間があった。

だが、王子の動きも気になる。

「寛十郎、一足先に鈴屋で待機してくれないか。俺はお奉行に、この事をお知らせしてくる。意外な大物が介在している気がしてならねえ」

「わかった。三十郎が勇み足してねえといいが……」

二人は白山下で別れた。

筒井奉行は、慎吾の報告を受けて、しばらく沈思黙考していた。

「多門……」

「はっ」

ようやく目を開けた奉行は、

「よくそこまで調べあげたな。忍覚と申す行者は、長崎奉行所が取り逃がした朱《しゅ》覚章《がくしょう》に相違あるまい。唐人屋敷の暴動の首謀者だ」

「とすれば、江戸まで流れてきた目的は何でござりましょう?」

「ケシの種を持ち込み、何事かを企んでおる」

「お交じり様という邪教を通してでござりまするか?」

「単なる金儲けではあるまい。公儀に対する反逆であろう」

「長崎の唐人が、北町の養生所廻りの同心を抱き込むには、よほどの人脈を握っておらねば到底できることとは思えませぬが?」

「それよ。北町の榊原《さかきばら》殿は、わしより二年早い奉行就任であったが、その前は永田正道《ながたまさみち》殿であった。奉行は代われど、北町の与力・同心は前奉行の悪しき体質をそのまま継承していると見たほうがよさそうじゃ」

「と、申されまするとと?」

「永田殿は病没なされるまで、強権をもって江戸の経済界の舵取《かじと》りをなされたご仁じゃ。杉本茂十郎《すぎもともじゅうろう》なる政商を覚えておるか?」

「はい」

杉本茂十郎は、一代で江戸経済会の首領にのし上がった辣腕《らつわん》の商人であった。江戸の株仲間を再編して三橋会所をたちあげ、大川の橋普請を請け負う代わりに数々の特権を得た。樽廻船《たるかいせん》におされて壊滅の危機に瀕していた檜垣廻船《ひがきかいせん》を復興し、関西の豪商と張り合い、江戸の町会所を牛耳《ぎゅうじ》った梟商《きょうしょう》だった。

彼を支援したのは江戸で三人しかいない町年寄の一人、樽屋与左衛門《たるやよざえもん》で、二人と結託して庇護《ひご》したのが北町奉行の永田備後守《びんごのかみ》正道だった。

茂十郎は、これに勢いを得て十組問屋《とくみといや》から強引に冥加金《みょうがきん》をかき集めた。その弊害《へいがい》は庶民にまでおよび、『毛充狼《もじゅうろう》』の異名までつけられて嫌われたのである。

だが、樽屋は公金の使い込みが露顕して自害し、永田奉行が病死すると、さしもの茂十郎も後ろ楯を失って、七十二万両という莫大な損金を出して失脚した。

それが三年前、筒井奉行が南町奉行に就任する二年前のことである。

江戸の経済界は鴻池《こうのいけ》ほか上方の商業資本に取って代わられた。

奉行所の呼び出しにもかかわらず、茂十郎は病を理由に出頭せず、他の二人の町年寄ら江戸の問屋衆が弁済して、混乱は納まった。

「お奉行は、茂十郎が、今度の一件の黒幕とお考えですか？」

「断言は出来ぬ。茂十郎はその後、行方を晦《くら》まして死んだと言われているが、生きているとすれば……」

「報復に出たのですか？」

「あり得ない事ではない。江戸の豪商を惑わし、寄進と称して財力を取り込むことになれば、これ以上の報復はあるまい」

「では、邪教立川流の教祖は……杉本茂十郎と⁉」

「多門、奴が生きているとなれば、一筋縄ではゆかぬ。小石川の不正は、わしが榊原殿と燻《いぶ》り出すゆえ、そなたは邪教の教祖を突き止めてくれ。頼むぞ」

「はっ」

慎吾は居住まいを正した。

八

「それで、お登季と申す内儀は……いまだ、行方が知れませぬのか」

「はい。花見で迷子になったと思い、吉野屋で待ちましたが帰りませぬ。八方手を尽くして探しておりまする」

忍覚を前に、羽衣《はごろも》と見紛《みまが》う美しい装束をまとった女人が、唐風の螺鈿《らでん》を散りばめた黒檀《こくたん》の椅子に座っていた。

玄旨帰命壇の女教祖、お瑠璃《るり》。歳のころなら二十三、四。如来《にょらい》のような美しさで、背後に飾るギヤマンから放たれる光は、まさしく後光の輝きであった。

「わたしの代理が務まる女人ときいて、楽しみにしておりましたのに……」

「申し訳ございませぬ。必ずや捜し出してみせまする」

「よもや、脱けたのでは、ありますまいな」

「阿片の禁断症状から脱がれるすべはあるまいと存じまするが……」

「大事な時です。今年の阿片の収穫を待って、いよいよ上方商人たちを入信させ、骨抜きにせねばならぬというときに。……美しい女人は幾らいても足りぬ」

「お登季には、今年十六になる見目よき娘がおります。教祖さまのお目にも十分適う美しい乙女でございます」

「それはなにより。末永くこの教団を保つには、いずれわたしの後を継ぐ教祖が必要です。ぜひとも、この奥の院に」

「かしこまりました。娘がここに来るとわかれば、母親も出て参りましょう」

「急いで下さい。阿片の収穫までには胎蔵菩薩の灌頂《かんじょう》を済ませておかねばなりませぬ」

「かしこまりました」

忍覚は、深々と平伏して教祖の間を出ていった。

瑠璃は、卓上の象牙《ぞうげ》の厨子《ずし》から、美しく化粧した髑髏を取り出すと、膝の上に置いて、愛おしそうにその頭頂を撫でた。

「お父様……まもなくでございます。必ずやご無念をお晴らしまいらせ、この世に法悦楽土《ほうえつらくど》を出現せしめてご覧にいれましょう」

瑠璃は万感の思いをこめて、目を潤ませた。


瑠璃は、杉本茂十郎の妾腹の娘として何不自由なく育てられた。

適齢期がきても、嫁入りすることはなかった。

「お父様以上の男と巡り逢うまでは、この身は誰にも任せませぬ」

茂十郎は苦笑するしかなかった。手元に置いて慈《いつく》しんだ。

俗世で手に入るものは父親からすべて与えられた。残るは女人としての頂点を極めるだけである。

父親は、次期将軍の西の丸大奥入りを工作していた。幕閣の要路に深く食い込んだ茂十郎にとって、それはたやすいことだった。

だが、公金使い込みが発覚して樽屋が自害を遂げると、町会所頭取としての立場が危うくなった。北町奉行永田正道に賄賂《わいろ》攻勢をかけて巻き返しにかかったが、その永田も病没して、これまで押さえつけられていた十組問屋二十二組の株仲間が、一斉に追い落としにかかってきたのである。

樽屋が身をもって隠蔽《いんぺい》した七十二万両の使い込みが『毛充狼』に向けられた。孤立無縁になった茂十郎は失脚した。

上方商人と結託した江戸の株仲間が反乱したのである。樽屋の自害で身辺が危うくなった幕府の要路がこれに加担した。

茂十郎の使い込み金は十組問屋たちが肩代わりして追放に成功したので、出頭を拒んだにもかかわらず処罰は免れ、これまでの功績もあって、ただの放免で済まされたのである。

翌年、失意のうちに茂十郎は死んだと報じられたが、確証はなかった。

彼は、要路をもてなすために用いた『恵比寿庵《えびすあん》』という秘密の御殿に病臥していた。複雑な水路の奥に隠された場所で、招かれた客は船で送り迎えされ、誰もその正確な所在を知るものはなかった。

その奥まった一室で、付きっ切りで看病していた瑠璃に、

「わたしの命は、間もなく尽きる……瑠璃、この恨みを晴らしてくれぬか。それ

が出来るのは、おまえしかいない……」

今際《いまわ》のきわに父から明かされたのは、要路をもてなすために恵比寿庵で催されていた淫楽の宴だった。

茂十郎は弾圧されて闇に潜った玄旨帰命壇の宝灯を継ぐ教祖だった。酒池肉林に加えて、長崎から阿片をとりよせ宴の供応に用いようと唐人屋敷に渡りをつけた。それが朱覚章だった。

長崎の通詞を介して朱覚章は江戸に潜伏し、阿片の闇組織を作った。禁制品であるから数に限りがある。

「なに、江戸の御薬園でケシを栽培すれば造作はなかろう。支配の町奉行は取り込んである」

折りしも樽屋が自害した直後で、茂十郎は巻き返しに焦っていたときだった。後ろ楯の樽屋を籠絡《ろうらく》したように、美女と阿片は株仲間の主だった商人を繋ぎとめるのに不可欠だった。

内外に十人の妾を囲ったといわれている樽屋の女たちの大半は、茂十郎の邪教の信者たちだった。

あとは阿片があれば、巻き返しはできる……。

二人の密約に狂いが生じたのは、茂十郎の失脚と、時を合わせるように始まった長崎の唐人狩りだった。

身動きならなくなった朱覚章は、暴動を起こし、そのどさくさに逃亡した。唐人踊りの仕込みに長崎にきていた出開帳屋は、まさに渡りに船であった。仲間四人と、着衣の襟に阿片とケシの種を縫い込んできた朱覚章は大坂に脱出し、江戸へ潜伏する機会を窺った。

江戸に入り、茂十郎が失脚したのを知って、愕然とした。

焦った朱覚章は、カンカン踊りの一行から仲間とともに抜け出して、恵比寿庵を目指した。彼だけは秘密の水路を知る数少ない内輪の人間だった。

そのときには、茂十郎は既に病没していた。

「あなたの来るのを、お待ちしていました」

迎えたのは、父から玄旨帰命壇を託された瑠璃だった。

教祖の茂十郎を失って、教団は求心力を失っていた。

磨き上げた胎蔵菩薩たちも、朱覚章が持ち込んだ阿片も切れて禁断症状のなかで次々に命を断っていた。

「わたしに、力を貸してください」

瑠璃は、教団の再興と父から託された復讐を誓っていた。

朱覚章に否やはなかった。もはや帰るところとてない。長崎でうけた公儀のやり方に復讐できる。彼もまた茂十郎に秘儀参入の灌頂をうけた信者だった。

「わたしが胎蔵菩薩になります。あなたは金剛《こんごう》菩薩に」

朱覚章は、こうして教祖・瑠璃の忠実な僕《しもべ》として導師となったのである。

布教には教義を説く『教相』と実践の『事相』が不可欠であった。

聡明な瑠璃は、今際のきわに父が説く奥義をたちどころに理解した。

妙適清浄（性交恍惚）と煩悩即菩提（情欲即悟り）は、男女の歓喜の交わりの二根交会で宇宙と一体になり、現世で自在の力を発揮することができる。

男は金剛界を、女は胎蔵界を象徴する密教の二大要素を意味した。性交によって交わる和合水は大日如来《だいにちにょらい》、すなわち全宇宙と説くのである。

その力を北斗七星から授かる。摩多羅神はその中尊だった。

秘儀は、その祭壇の下で行われる。彼らに力をもたらすのはミソギ代としての髑髏だった。和合水を塗り、金箔《きんぱく》を圧し、また和合水を塗り、銀箔を圧す。これを繰り返し、その度に乾いた髑髏に絵の具で曼陀羅を描く。そして化粧をほどこし柔和な笑顔をたたえる髑髏に仕上げてゆくのだ。

秘儀参入した信者は、この髑髏によって呪力を授かる。

上品《じょうぼん》に達した者は、過去現在未来を知る直接の交感力を得、中品は間接的にこれを知らされる。下品にはその力は授かることは出来ないが、俗世で自在の力を得る。

これが現世利益を説いて人心を虜《とりこ》にした邪教の教義と実践だった。

秘儀で惜しげもなく美しい女体を晒《さら》した瑠璃は、金剛菩薩の忍覚と座位で交わって歓喜の叫びを上げた。

さながら双身の歓喜天《かんきてん》である。見ているだけで信者には法悦だった。

その天女が、惜しげもなく信者に体を開く。数少ない残った信者から、散っていった信者に口伝えにそれが広がると、女人教祖のもとに続々と戻ってきた。

新教祖の誕生である。教団はたちまち息を吹き返した。

瑠璃が奉じる髑髏は、父の遺言によって墓から取り出した髑髏だった。縫目のない至上のミソギ代だった。

先代の側近として残っていた数少ない番頭たちは、かつての北町与力・同心たちを取り込んで、朱覚章が持ちこんだケシの種で小石川御薬園にケシ畑を広げた。

看護中間や園丁たちも、分け前にありつけると進んで手を貸した。

こうして阿片が本格的に供給されると、忍覚は巧みに秘儀に取り入れた。

その効力は絶大だった。

阿片の魔力と淫楽と現世利益の虜になった裕福な商人たちは、進んで寄進し、教団は膨れ上がった。

恵比寿庵を奥の院として、忍覚は教団を拡大していった。

お登季が入信させられたのは、その支部とも言うべき寺である。亭主の吉野屋は、教祖と会える期待と髑髏を分け与えて貰うために、身上のほとんどを寄進し、女房まで入信させるに至ったのである。

瑠璃の肉体は、もはや自分のものであって自分のものではなくなっている。

父の髑髏から、自分の過去世を知った瑠璃は、それが文覚阿闍梨と交わった袈《け》裟《さ》御前《ごぜん》であることを知り、立川流中興の祖文寛が自在に操ったダキニ天天狗法の女神ダキニ天の化身であることを悟ると、如来の装束を身に纏うようになった。

教祖となるまで男を知らなかった女体は、枯れ野のなかで突如開いた桜花さながら、狂い咲きしたのである。

## 九

母が行方知れずになってから三日の間、お佐江は泣き暮らした。

「おっ母さんが、見つかったよ。これから一緒に会いに行こう」

父の甲兵衛から言われ、お佐江の喜びは尋常ではない。

一も二もなく出支度を整えた。

吉野屋には、忍覚からつけられた行者たちが泊まりこんでいた。

忍覚は慎重だった。

いまだに戻らないお登季から、教団の内情が町方に流れたのではないかと危惧《きぐ》していた。それなら町同心が訪ねてくるはずだった。

三日の間、様子を見たが、そんな動きもない。

瑠璃から言いつかっているだけに、今なら奥の院にお佐江を入れても大事なかろうと知らせを寄越したのである。

女房が奥の院に収容されたと聞いた甲兵衛は、何の疑いも持たなかった。それどころか噂の教祖様の秘儀に招かれたことで浮き足立っていた。

慎吾と三十郎は、王子の自身番に待機していた。

願人坊主に吉野屋の出入りを油断なく見張らせていたが、忍覚らしい行者の姿は現れなかった。

幸いお佐江は拉致《らち》されてはいなかったが、内部の様子を探らせると、忍覚の配下らしい行者が二人、店の内外に目を光らせているという。

迂闊《うかつ》な動きは出来なかった。

寛十郎は、父の寛蔵と連絡を取るため、夜分には八丁堀の組屋敷に帰っていた。

その寛十郎の手先が慎吾のもとに駆け込んだ。

「例の、北斗七星の屋形船が見つかりましたぜ」

「どこだ？」

「羽田《はねだ》の五十間堀です」

「どうりで、見つからねえはずだ」

羽田は湿地帯が多く、玉川の河口で海水と川水が交じりあい魚介類の豊富な漁場だったが、江戸湾が荒れると大小の船が逃げ込む避難場所にもなっていた。

「寛十郎の親父殿たちが探し出したのだな？」

「さようで。白樫の旦那が張りつきやした。こちらは？」

「まだ、動きはない」

そこへ、願人坊主の丁珍《ちょうちん》が走りこんできた。

「旦那。吉野屋に女駕籠が着けやしたぜ。大奥女中が乗る立派な乗物です」

「お佐江を連れ出すつもりだな」

気色ばんで立ち上がる三十郎を制して、慎吾は丁珍を促した。

「気づかれないように後をつけろ。俺と笹目は離れてついてゆく」

「合点」

時節がら、大奥女中の宿下がりの女駕籠の目立つ頃だった。

往来の人込みに紛れこまれると、見分けがつかなくなる惧《おそ》れもあった。

女駕籠は川沿いに出て、船着場から駕籠ごと船に担ぎこまれた。吉野屋と行者
二人が乗り込んで岸辺を離れた。

慎吾と三十郎も平船に乗り込んで伏せた。

「丁珍、見失うなよ」

慎吾は不安になった。

このまま大川まで出て、屋形船に乗り込まれでもしたら追尾はできなくなる。

寛十郎の首尾を祈った。

果たして、女駕籠を乗せた船は音無川《おとなしがわ》を辿《たど》って上野の御本坊裏を過ぎ、大川に出たころには日が暮れはじめた。

慎吾の不安は的中した。

女駕籠を乗せた船は、大川の中程で屋形船の舷側に着けた。

平船では追いつけない。周囲に船宿は見当たらなかった。

「多門様」

三十郎が悔しげに船板に拳を叩きつけた。

屋形船は川下に進み始めている。女駕籠が移されたのは明らかだった。

周囲には屋根船や荷船や猪牙舟が行き交っていたが、暮れなずんでゆく中で寛十郎の乗った船があるのかどうかも見分けがつかない。

「仕方がねえ……鈴屋で、寛十郎の知らせを待つしかないようだ」

慎吾は鈴屋の前で待機していた。

お登季のことが気になって、清六に吉兵衛を呼び出させ、中の様子を訊ねた。

「とても、見てはいられません……」

吉兵衛が泣き出しそうな顔で告げるには、付きっ切りで看病するお寿々は、禁断症状で暴れるお登季を押さえつけるのに、満身創痍《まんしんそうい》の有り様だという。

そんな最中に、慰めの言葉をかけることも出来なかった。ましてお佐江を見失っていたから尚更である。お佐江を助け出すまでは合わせる顔もなかった。

無力感にうちひしがれていると、初音の馬場の方から町方同心の姿が現れた。

寛十郎の実父、臨時廻り同心の寛蔵だった。

「白樫様……!?」

「多門、一緒に来い」

「寛十郎は？」

「屋形船を追っている。わしは途中で別れて、本所廻りの鯨船《くじらぶね》で後を追うことにした。屋形船に担ぎこまれた女駕籠が吉野屋の娘を乗せたものならば、多門が鈴屋で待っているかも知れぬと倅が申すのでな。念のため立ちよってみたのじゃ」

鯨船とは、町奉行所の本所廻り同心が大川の補修の巡検や機動捜査に用いる中型の快速艇である。

「ご同役の臨時廻りの歴々に召集をかけた。集まり次第船を出す。捕方も若干名乗せてゆく」

「白樫様には、屋形船の行く先をご存じで？」

「中川から砂村の湿地帯に入る河口で、よく見かけた屋形船だ。北斗七星の鋲が打ちつけられていたからな。向かうとすれば洲崎の浜沿いに中川からそのあたりに入るはずだ。そこから先は枝川が入り組んで屋形船は入れぬ。倅がそのあたりで手先を待たせておろう」

「お願いいたします」

慎吾は三十郎を目顔で促して、白樫寛蔵の後に続いた。

さすがは老練な臨時廻りである。背中に皹《ひび》をきらして数十年もの定町廻りで、江戸の町を知り尽くしていた。

「あのあたりに、毛充狼が要路をもてなしていた秘密の屋敷があるはずだ。北町に庇護されていたので、手出しもならなかったが、そのうちに野郎は墓穴を掘った。一年前に死んだということだが、どうだかな？　お奉行から多門たちが野郎と関係のある、いかがわしい教祖を探っているときいてピンときた」

道々話しながら、寛蔵は米沢町を過ぎて、元柳橋の薬研堀河口に接岸した鯨船に慎吾たちを案内した。

老練な臨時廻り数人が出役支度ですでに集結していた。

「船を出せ。ただし御用提灯は掲げるな」

寛蔵は水夫《かこ》たちに命じて乗り込んだ。

慎吾たちも後に続く。

三十郎は、早くも武者震いをはじめていた。


丈の高い葦《あし》に覆われた水路をゆく高瀬船を、寛十郎は追尾していた。

夜空の半月の照《あか》りだけが頼りだった。

父・寛蔵と別れてから北斗七星の鉾を打った屋形船を尾行してきたが、小名木川の河口と仙台堀の河口で二度接岸し、信者らしき数人を乗せたあと、佃島《つくだじま》に向かうと思われたが、洲崎の浜沿いに中川の河口から北を目指した。

――いよいよ、親父様の睨んだ通りになった……。

寛十郎は、船提灯もつけずに羽田の漁師の漁船で中川に入った。

砂村に近いあたりで屋形船は接岸し、迎えにきた高瀬船に分乗しはじめた。

案の定、狭い水路に屋形船は入ることはできなかった。

漁船には寛十郎のほかは手先一人で、あとは漁師が三人しかいない。

手先を河口に残して親父様の連絡役とすると、寛十郎は迷路のような水路に分け入った。

これでは寛十郎が、奥の院とおぼしき恵比寿庵に辿りつけても、親父様たちを誘導することは出来ない。

「竿《さお》を立てて、漁《いさ》り火《び》を掛けろ」

寛十郎は漁師が白魚漁に用いる灯火を、水路の岐路に刺した竿《さお》に下げて標識とした。教団の目につく惧れもあったが、それは彼らの船が引き返すときである。

奥の院の様子が分からないだけに、これは賭けであった。

たとえ突き止めたとしても寛十郎一人では手に余る。

お佐江の救出だけではない。忍覚と教祖を一網打尽《いちもうだじん》にしなければならなかった。

やがて、水路の奥に人家の灯が見えた。

船着場に高張提灯が掲げられ、接岸した高瀬船から信者とおぼしき男女が上がってゆく。なかに女駕籠も見えた。

「ここで待機する」

寛十郎は丈高い葦の叢《くさむら》に漁船を潜ませた。

十

「案ずることはありませぬ。母も信徒の皆様と、そなたの入信の儀式に備えて支度に入っています。さ、気持ちを楽になさい」

お佐江は、眩い五色の灯籠《とうろう》に囲まれた一室で、教祖のお瑠璃様に迎えられた。この世の人とは思えない、如来さながらの美女に微笑まれ、お佐江は夢見心地になっている。

父と導師から有り難い教えを説かれ、父母が日頃信心していた信仰に自分もようやく帰依できるのだと、お佐江は一点の疑いも持たなかった。

部屋のなかにも教祖様の体からも、えも言われぬ芳香が漂っている。

やがて、白い行装の上品な女人二人に案内されて湯殿に入った。

「御本尊さまの御前に出るのです。沐浴《もくよく》して、精進潔斎《しょうじんけっさい》をするのですよ」

と優しく微笑みかけられた。

湯殿には反魂香《はんごんこう》が焚き込められていた。その甘い香りに包まれて、お佐江は極楽浄土に迎えられたような心地がした。

浴槽には蓮《はす》の花が浮かんでいた。

お佐江は、一糸まとわぬ裸体にされ、二人の女人に手を引かれて浴槽に浸った。

「ああ……」

お佐江は、思わず陶然と目を閉じた。

浴槽には麝香《じやこう》を含んだ香油が張られていた。

絹の糠袋《ぬかぶくろ》で、乙女の全身に隈《くま》なく塗られてゆく。

秘部も肛門も、体じゅうの孔という孔は秘湯で洗い清められた。

「シ、リシニシ、リシ」

「ソ、ロソニソ、ロソ」

女人たちは呪文を唱えている。

それは摩多羅神に仕える二人の童子に捧げる真言で、教義では『大便道』と『小便道』を意味していた。秘儀の実践には、肛門さえも姦淫されるのである。

全身に蕩《とろ》けるような欲情が染み渡ってきた。

「ああ……」

と、お佐江は羞じらいに身を捩った。

奥の院の祭壇の間では、信者たちが吸引する阿片の煙が甘く垂れ込めていた。秘儀参入には欠かせない反魂香の焼香とあいまって、みな恍惚境に浸っている。

ダキニ天さながらの如来姿の教祖が現れて、信徒たちは唱和を始めた。

「お交じり様は神トカヨ。歩ミヲ運ブ皆人ノ、願イヲ見テヌ事ゾナカリキ」

秘儀は、子《ね》の刻（深夜零時）から開始される。

乙女の参入儀式から、伝法灌頂、秘密灌頂、心灌頂へと進み、乱交を重ね、交合水を髑髏に塗ること百二十度、ミソギ代の髑髏の力を高めるのである。

敷曼陀羅の上に、麝香を塗られたお佐江が引き据えられたときには、もう二根交会の法悦でしか充たされない生贄に仕立てあげられている。

摩多羅神画像の前に、教祖が美しい髑髏を膝に乗せて座ると、導師の忍覚が拝礼して、大数珠を手に信徒に向き直った。

「陰陽冥合！　煩悩即菩提！」

行装の前をはだけた股間には隆々とした黒光りの魔羅が聳え勃っていた。

その先端から銀色の分泌液が滴《したた》っている。

導師は、乙女の股間の前に膝立って、呪文を唱えながら黒数珠を乙女の柔襞に押し込んでゆく。

すでに濡れて蠢《うごめ》く襞に、卑猥な音をたてたとき、

「そこまでだぜ！　朱覚章！」

密室の扉を蹴破って躍りこんだ多門慎吾が、朱房の十手を声とともに放ってい
た。

導師は、咄嗟《とっさ》に片手でそれを弾き返していた。

「誰だ!?」

「見た通りの、この世の獄卒《ごくそつ》だ。神妙にしやがれっ！」

慎吾は腰の長十手を引き抜いた。

「おのれっ！」

忍覚こと朱覚章は、祭壇脇に跳んで、錫杖《しやくじよう》を摑みこんだ。

脇行者の四人が、それより早く慎吾に金剛杖で逆襲にかかった。

あたりは騒然となったが、すでに恍惚境の信者たちの動きは緩慢だった。

慎吾の後ろから躍りこんだ寛十郎と三十郎が、脇行者の逆襲と闘っていた。

朱覚章の動きは敏捷だった。

錫杖の金輪を鳴らし、先端を慎吾の胸に突き出し、頭を薙《な》ぎ、足元を払った。

息つく間もない速攻だった。慎吾はかわすのが精一杯で、壁際に追い詰められた。

朱覚章は清国語で喚いた。勝利を確信した目で、最後の一突きをくれた。

だが貫いたはずの町同心の顔はそこになく、錫杖の先端は深々と壁を貫いていた。

慎吾は、一撃必殺の機会を窺っていたに過ぎない。

真貫流は、無闇に打ち合わせたりはしない。敵の太刀筋を読み、己の太刀筋は見せない。繰り出すときは必殺の一撃のみである。

ぐあっ……！

朱覚章が、それに気づいた時は、下から長十手を突きこまれ、猪吊るしに体を宙に持ち上げられたときだった。

朱覚章は、四肢を痙攣させて、信じられないといった顔で慎吾を見下ろしていた。

「……！」

行者を仕留めた三十郎の声がした。

「教祖の姿が見えませぬ！」

「船は押さえてある。逃がしはねえ」

寛十郎の声がした。

恵比寿庵の周囲には、白樫寛蔵たち臨時廻り同心が捕り方に御用提灯を掲げさせ、水も漏らさぬ包囲網を敷いていた。

阿片と反魂香の陶酔に浸った信徒たちは、一網打尽にされた。

だが、女教祖・瑠璃の姿はどこにも見当たらなかった。

摩多羅神画像の裏に、抜け穴があることが発見されたが、出口の水路から忽然《こつぜん》と姿を晦ましていた。

早暁、必死の捜索が水路に隈なく展開されたが、杳《よう》として行方は知れない。

慎吾が、救出したお佐江を確保した屋形船で、砂村の葦の原を眺めていたとき、突如轟音が起こった。

寛十郎たちが向かったときには、川面に粉砕された化粧髑髏の破片が、朝日に煌《きらめ》きながら浮かんでいるだけだった。

慎吾が、ようやく鈴屋に戻って一部始終をお寿々に伝えた。

だが、女教祖・瑠璃に関しては多くを語らなかった。

禁断症状を闘い抜いて、やせ衰えたお登季が感涙に咽《むせ》び泣いた。

「ありがとう……ございました」

憔悴《しょうすい》したお寿々の顔にも、ようやく安堵の色が浮かんだ。

お佐江は邪教の生贄から救われたが、すべてを失った母娘の試練はこれから始まる。

「お寿々、これでやっと……花見ができるな」

慎吾の労《いたわ》りの言葉に、お寿々は微苦笑で頷いた。手放しで喜ぶわけにもいかなかったが、弥生《やよい》の空は塞ぎがちになる心を開放してくれた。

散る花もあれば咲く花もある。

墨田堤の八重桜が満開になった。

長堤十里、花の雲。江戸はようやく春らしい春を迎えた。

この作品は双葉文庫のために書き下ろされました。

双葉文庫

あ-41-03

町触《まちぶ》れ同心公事宿始末《どうしんくじやどしまつ》

初音《はつね》の雲《くも》

2008年3月20日　第1刷発行

【著者】
藍川慶次郎《あいかわけいじろう》

【発行者】
佐藤俊行

【発行所】
株式会社双葉社
〒162-8540 東京都新宿区東五軒町3番28号
[電話]03-5261-4818(営業) 03-5261-4833(編集)
[振替]00180-6-117299
http://www.futabasha.co.jp/
(双葉社の書籍・コミックが買えます)

【印刷所】
株式会社亨有堂印刷所

【製本所】
藤田製本株式会社

【表紙・扉絵】南伸坊
【フォーマット・デザイン】日下潤一
【フォーマットデジタル印字】飯塚隆士



ISBN978-4-575-66326-6 C0193

藍川慶次郎

町触《まちぶ》れ同心公事宿始末

日照雨《そばえ》

長編時代小説〈書き下ろし〉

公事宿・鈴屋に持ち込まれる様々な「出入り物」。その背後に潜む悪を、町触れ同心の多門慎吾があぶりだす、人情捕物シリーズ第一弾。

藍川慶次郎

町触《まちぶ》れ同心公事宿始末

縁切り花

長編時代小説〈書き下ろし〉

縁切寺に駆け込んだお照を酒乱の亭主が取り戻そうとしていた。奉行の内命を受け、同心・多門慎吾は鎌倉東慶寺に向かう。シリーズ第二弾。

芦川淳一

似づら絵師事件帖

影の用心棒

長編時代小説〈書き下ろし〉

墨縄の宇兵衛親分に、吉原の女郎と駆け落ちした息子を密かに江戸から逃がして欲しいと頼まれた桜木真之助。好評シリーズ第四弾。

稲葉稔

影法師冥府葬《めいふおく》り

雀の墓

長編時代小説〈書き下ろし〉

江戸城の警衛にあたる大番組の与力と同心が相次いで斬殺された。探索を命じられた平四郎は二人の悪評を耳にする。シリーズ第三弾。

風野真知雄

若さま同心　徳川竜之助

消えた十手

長編時代小説〈書き下ろし〉

市井の人々に接し、磨いた剣の腕で悪を懲らしめたい……。田安徳川家の十一男・徳川竜之助が定町回り同心見習いへ。シリーズ第一弾。

風野真知雄

若さま同心　徳川竜之助

風鳴《ふうめい》の剣

長編時代小説〈書き下ろし〉

見習い同心の徳川竜之助は、湯屋で起きた老人殺しの下手人を追っていた。そんな最中、竜之助の命を狙う刺客が現れ……。シリーズ第二弾。

佐伯泰英

居眠り磐音《いわね》　江戸双紙 24

朧夜《ろうや》ノ桜

長編時代小説〈書き下ろし〉

桂川国瑞と織田桜子の祝言に列席するため、麻布広尾村に出向いた磐音とおこんは、花嫁行列を塞ぐ不逞の輩に遭遇し……。シリーズ第二十四弾。

**佐伯泰英** 著・監修
**「居眠り磐音《いわね》 江戸双紙」読本**
ガイドブック〈文庫オリジナル〉
「深川・本所」の大型カラー地図をはじめ、地図や読み物満載。由蔵と少女おこんの出会いを描いた書き下ろし「跡継ぎ」（シリーズ番外編）収録。

**鈴木英治**
**口入屋用心棒 雨上《あめあが》りの宮《みや》**
長編時代小説〈書き下ろし〉
死んだ緒加屋増左衛門の素性を確かめるため、探索を開始した湯瀬直之進。次第に明らかになっていく腐米汚職の実態。好評シリーズ第十弾。

**藤井邦夫**
**知らぬが半兵衛手控帖 通《かよ》い妻**
長編時代小説〈書き下ろし〉
瀬戸物屋の主が何者かに殺された。目撃証言から、ある女に目星をつけた半兵衛だったが、その女は訳ありの様子で……。シリーズ第六弾。

**藤原緋沙子**
**藍染袴《あいぞめばかま》お匙帖 紅《あか》い雪**
時代小説〈書き下ろし〉
千鶴の助手を務めるお道の幼馴染み、おふみが許嫁の松吉にわけも告げず、吉原に身を売った。千鶴は両親のもとに出向く。シリーズ第四弾！

**松本賢吾**
**八丁堀の狐 七化《ななば》け**
長編時代小説〈書き下ろし〉
捕らえた盗賊・鬼薊の清吉はひとりだけではなかった？　もうひとりの清吉を探す狐崎十蔵の前に、強敵が現れる。好評シリーズ第四弾。

**六道慧**
**深川日向《ひなた》ごよみ 忍《しの》び音《ね》**
長編時代小説〈書き下ろし〉
油問屋の一人娘が命を狙われた。天秤堂の時津日向子は一人息子・大助と相談の上、用心棒を引き受けるが……。好評シリーズ第三弾。

**和久田正明**
**鎧月之介殺法帖《よろいつきのすけさっぽうちょう》 闇公方《やみくぼう》**
時代小説〈書き下ろし〉
江戸城改修に絡む汚職事件で勘定方の小役人が姿を消した。探索の依頼を受けた月之介の前に巨悪の影が立ちはだかる。シリーズ第三弾。